書下ろし

砂の守り

風烈廻り与力・青柳剣一郎㉞

小杉健治

祥伝社文庫

目次

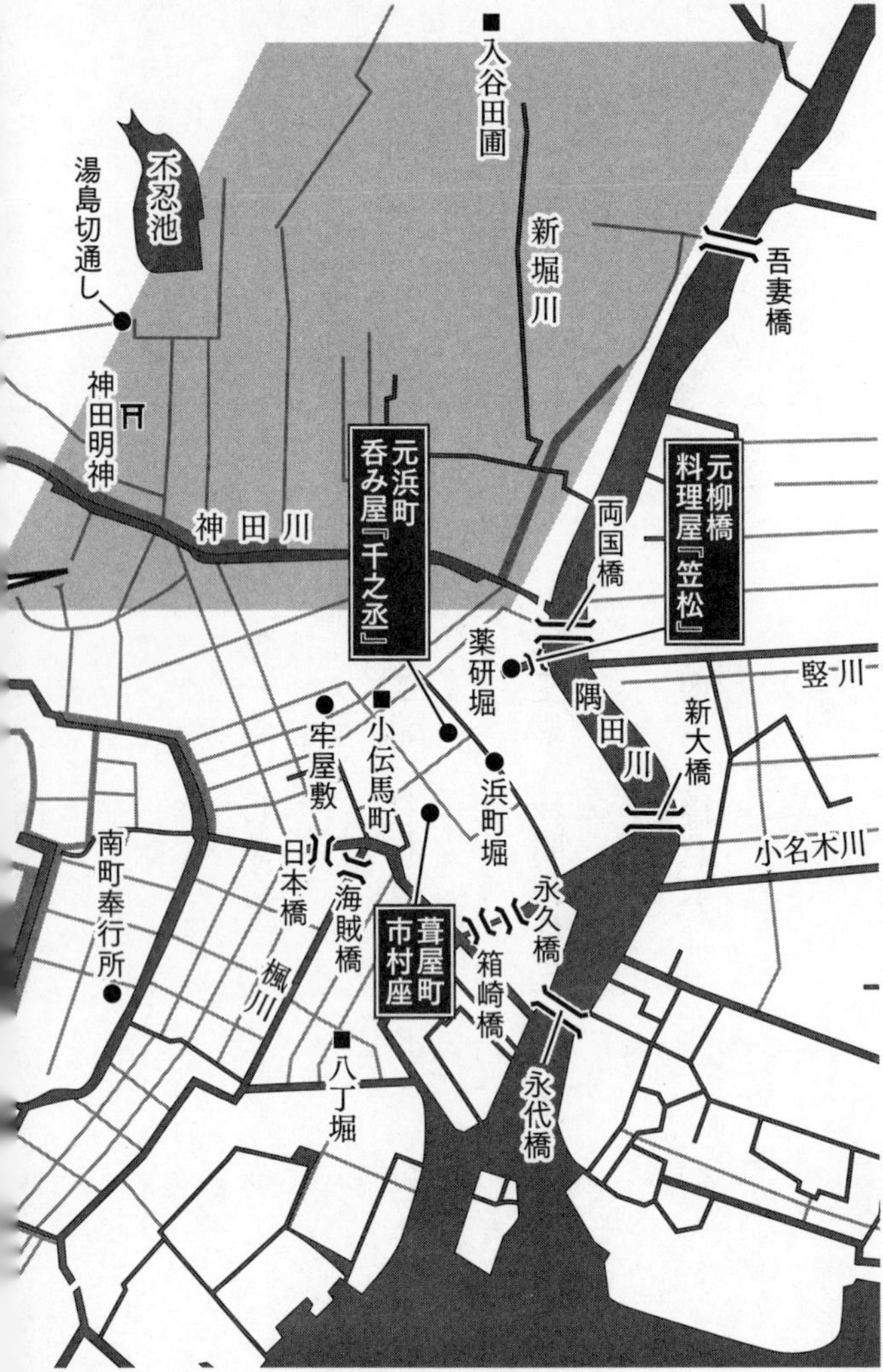

入谷田圃
不忍池
湯島切通し
神田明神
新堀川
吾妻橋
神田川
元浜町
呑み屋『千之丞』
元柳橋
料理屋『笠松』
両国橋
薬研堀
竪川
隅田川
新大橋
牢屋敷
小伝馬町
浜町堀
小名木川
日本橋
海賊橋
永久橋
南町奉行所
葺屋町
市村座
箱崎橋
楓川
八丁堀
永代橋

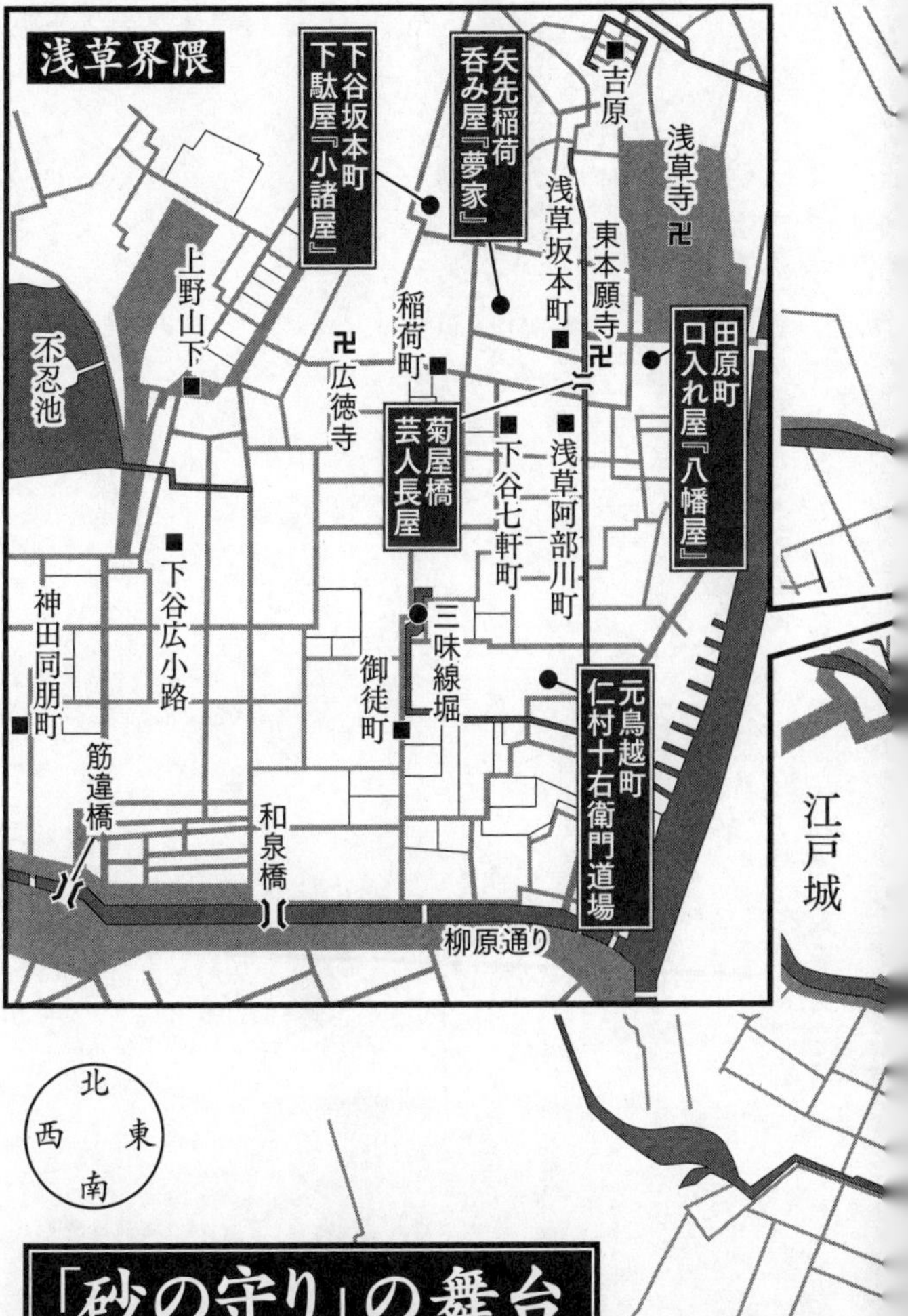
浅草界隈
下谷坂本町
下駄屋『小諸屋』
矢先稲荷
呑み屋『夢家』
吉原
浅草寺
浅草坂本町
東本願寺
上野山下
不忍池
稲荷町
広徳寺
菊屋橋
芸人長屋
下谷七軒町
浅草阿部川町
田原町
口入れ屋『八幡屋』
下谷広小路
神田同朋町
三味線堀
御徒町
元鳥越町
仁村十右衛門道場
筋違橋
和泉橋
柳原通り
江戸城
北
西
東
南

「砂の守り」の舞台

第一章　目撃者

一

元鳥越町《もととりごえちょう》にある一刀流の仁村十右衛門《にむらじゆうえもん》道場から稽古《けいこ》を終えて、高岡弥之助《たかおかやのすけ》と光石保二郎《みついしやすじろう》が出てきた。ふたりとも二十二歳である。

「本多《ほんだ》さまの稽古はきつい」

弥之助はつい弱音を吐く。最近、師範代になった本多三五郎《さんごろう》の稽古だ。道場主の十右衛門がぜひにと乞《こ》うて招いた浪人で、病気がちの十右衛門に代わって、三五郎が稽古をつけている。

「だが、地稽古が多いから面白いけどな。自由に攻めが出来る」

保二郎がそう言ったのは、前の師範代の神村左近《かみむらさこん》のことを念頭に置いているからだ。

「神村さまは型《かた》稽古だけだったからな」

弥之助は同調する。

弥之助も保二郎も剣は上達し、それなりに自信はあった。だが、左近はそんなふたりに対して、いつまでも型稽古しかやらせなかった。

師範代、あるいは兄弟子が打太刀《うちだち》、弟子が仕太刀《しだち》をとる。一本目は左上段から打ち込んできたら右上段で返し、二本目は右上段に対して左上段から、三本目は正眼《せいがん》からの攻撃に対して正眼からの突きで応戦する。こういった型取りをずっと繰り返す。

その左近が辞め、三五郎が師範代になってから、型稽古から解放された。今は地稽古中心で、自由に攻めができ、稽古を終えたあとは満足な気分になった。

「どうだ、少しつきあわないか」

門を出たところで、保二郎がにやつきながら言う。

「どこに？」

「浅草《あさくさ》の矢先稲荷《やさきいなり》の裏だ」

「矢先稲荷の裏に何が？」

「呑《の》み屋だよ。昔、あの辺りに三十三間堂《さんじゅうさんげんどう》があったらしい」

「通し矢の？」

「そうだ。元禄《げんろく》の頃に火事に遭《あ》って、今は深川《ふかがわ》に移された。その跡地に寺が集まり寺町になった。その門前町が面白いんだ」

寛永《かんえい》十九年（一六四二）、浅草新堀川《しんぼりがわ》沿いに京都の三十三間堂に倣《なら》って弓術稽古のための三十三間堂が作られたが、元禄十一年（一六九八）の火事で焼失。その後、深川に再建された。

「呑み屋なら、そんなところまでいかなくても」

「いや。ちょっと下品な店なんだ。それなりに面白い」

「下品な店だって」

弥之助は呆《あき》れたように言う。

「この前、沖島《おきしま》さんに連れていってもらったんだ」

沖島文太郎《ぶんたろう》は道場の古株だ。

「稽古帰りに、そんなところに寄っては……」

「黙っていればわかりはしない」

「そうだが」

弥之助は気乗りしない。

ふたりとも総領息子だが、お互いに小普請組《こぶしん》で、非役である。

「まあ、ちょっとだけ、つきあえ」

保二郎はさっさと歩きはじめた。

新堀川の川筋を浅草に向かう。保二郎ははしゃいでいた。弥之助はうんざりし、途中、何度も引き返そうとしたが、保二郎のうれしそうな顔を見ると、何も言えなかった。

菊屋橋《きくやばし》の袂《たもと》を過ぎ、さらに川筋を進む。浅草坂本町《さかもとちょう》の角を曲がる。

薄汚い衣を着た願人坊主《がんにんぼうず》が横切った。他にも独《ひと》り相撲《ずもう》や蛇遣《へびつか》いなどの大道芸人たちの姿が目に入る。

「あの者たちが住んでいる長屋があるのだ」

保二郎が言う。

矢先稲荷神社の裏手に、小さな間口の呑み屋が並んでいる。破けた戸障子《としょうじ》や古びた提灯《ちょうちん》の下がった店、弥之助ははじめて足を踏み入れて怪《あや》しげな雰囲気に怖《お》じ気《け》づいた。

近くに浅草寺《せんそうじ》があり、そこの奥山では見世物小屋や大道芸人、香具師《やし》、楊弓《ようきゅう》場などがあり、たくさんの人出で賑《にぎ》わっている。浅草観音堂の裏手の浅草田圃《たんぼ》の向こうには吉原《よしわら》がでんと構えている。

それらの場所と雰囲気をまったく異にした一帯だ。行き交うよれよれの着物を身にまとった男たちに混じって、羽織《はおり》姿の男もいる。

「ここだ」

保二郎は縄暖簾《なわのれん》の下がった店の前に立ち止まり、すすけた戸障子を開ける。軒《のき》行灯《あんどん》には『夢家《ゆめや》』とあった。

片側に小上がりの座敷、土間には縁台がふたつ並んでいた。

小上がりの座敷でござっぱりした身なりの三十過ぎと思える男が、不精髭《ぶしょうひげ》を生やし月代《さかやき》も伸びた三十半《なか》ばぐらいの男と向かい合っていた。隅に店の女が数人いるが、ふたりの傍《そば》に近づこうとしなかった。

「いらっしゃい」

白粉《おしろい》を塗りたくった女が近づいてきた。

「二階は？」

保二郎が天井を指さした。

「今、だめなの。下で待ってて」

「まだ、この明るいのに」

保二郎は不平を言いながら女の手を握《にぎ》る。

「あんたも、好きだねえ」

女は下品に笑う。

「仕方ない、待つか」

保二郎は小上がりに上がった。

「二階には何が？」

続いて上がった弥之助が顔を近づけ小声できく。

「まあな」

保二郎は曖昧《あいまい》に笑っただけだ。

さっきの女が徳利《とっくり》を持ってきた。

「こちらさん、はじめてね」

「俺の友達だ」

「いい男ね。あたしが可愛《かわい》がってやろうかねえ」

「おいおい、おこうさん。俺だって……」

後ろにいるふたりの話し声が聞こえ、どういう関係の二人なのか気になり、弥之助は聞き耳を立てた。

「ぜひ、教えてくれませんか。このとおりです。幕が開くまで日がないんです」

こざっぱりした身なりの男の声だろうか。

「あっしはそれで失敗した人間だ。あっしの言うとおりやったって受け入れられねえ」

そう答えたのは不精髭を生やした男だろう。

「いえ、私はあんときの三蔵《さんぞう》さんの芝居を見てました。三蔵さんは新しい役を編み出した。あれは座頭がよくありません」

どうやらふたりは役者のようだ。

「どうした？」

保二郎が声をかけた。おこうという女はもう下がっていた。

「いや」

背後のふたりに注意が向いていたので、弥之助はあわてて返事をし、

「ここが面白いところか」

と、保二郎を見る。

「ここはな、武士だろうが町人だろうが、大道芸人だろうが、みな対等だ。肩肘《かたひじ》を張ることはない」

「のびのび出来るというわけか」

「そうさ。どこに行っても、常に身持ちを保ってなんかいられるものではない。女は蓮《はす》っ葉《ぱ》で、客の下品な言葉にも負けずに卑猥《ひわい》な言葉を返す。人間の本性剝《む》き出しだ。いいと思わないか」

「ようするに、二階で女と……」

「ここは遊女屋ではない。すぐそばに吉原があるんだからな。ただ、酒の相手をしてくれるだけだ」

保二郎はふと笑みを浮かべ、

「そのあとは、気分次第だ」

「気分次第？」

「だから、楽しいのではないか」

「………」

「おい。部屋が空いたようだ」

梯子段《はしごだん》から職人体《てい》の男が降りてきた。

しばらくして、おこうが呼びにきた。

「どうぞ」

「よし」

保二郎は立ち上がったが、

「どうしたんだ？」

と、座ったままの弥之助を見る。

「俺はいい」

「なんだ。せっかく、ここまで来たんじゃないか。ちょっとだけでも上がってみろ。それで、つまんなかったら帰ればいい」

「遠慮するよ」

「そういうな」

保二郎は強引に二階に誘った。

二階の小部屋に上がって待っていると、ふたりの女がやって来た。おこうともうひとり、肥《ふと》った女だ。ふたりとも二十二歳の弥之助よりも二、三歳は上のようだ。

「あら、いい男」

肥った女はおせいと名乗り、弥之助のそばにでかい尻をつけるように座った。

弥之助は体をずらした。

「あら、いやなの」

「いや、そうではない」

弥之助は困惑する。

「あら、声もいいわ」

おせいはさらに体を近づけ、

「顔だけじゃなくて、声まで菊五郎《きくごろう》に似ているわ」

「そうだわ。下で見たとき、誰かに似ていると思ったけど、菊五郎だわ」

おこうも弥之助ににじりよって言う。

「菊五郎って誰だ？」

保二郎が口をはさむ。

「あら、知らないの？　美男の役者よ。口跡《こうせき》がよくて。来月の市村座《いちむらざ》の仮名手本《かなでほん》忠臣蔵《ちゆうしんぐら》で塩谷判官《えんやはんがん》を……」

「知らん」

「お名前を教えて」

おせいとおこうが同時にきいた。

「高岡弥之助です」

「弥之助さまね。さあ、呑んで」

弥之助に猪口《ちょこ》を寄越《よこ》し、おせいは銚子《ちょうし》をつまんだ。

「あたしにも酌《しゃく》させて」

おこうも言う。

「おいおい、俺だっているんだ」

保二郎が不機嫌そうに言う。

「あら、そうだったわ」

「なんだよ、その言いぐさは」

保二郎は不貞腐れた。

「ごめんなさい。さあ、どうぞ」

おこうが保二郎に体を向けた。

弥之助はあけすけな女たちに圧倒されたが、保二郎は機嫌を直して酒を呑みはじめた。

「いい尻をしている」

保二郎がおせいの尻を撫《な》でた。

「この浮気者」

おこうが保二郎の股間に手をやる。

「おい、よせ」

保二郎はうれしそうだ。

弥之助は保二郎を呆《あき》れて見る。

「おい、そんな顔をするな」

保二郎が口許を歪《ゆが》めた。

隣から女の長く尾を引くような悲鳴が聞こえた。

「またよ」

おせいが呆れたように言う。

「だいじょうぶよ。あのときの声。いつもそうなんだから。本気になっちゃだめだと言っているのに」

「根っからの好き者だから」

今度は、階下が騒がしい。

「なんだ?」

保二郎は猪口を口に運ぶ手を止めた。

梯子段を駆け上がる音がして、この部屋の前を通り過ぎた。女の声が止《や》んだ。

おこうが障子を開けた。

「岡っ引きだ」

亭主らしき年寄りが囁《ささや》く。

「なんで、岡っ引きが？」

弥之助は保二郎にきく。

「ここで体を売っていた女は吉原の河岸見世《かしみせ》に連れて行かれる」

保二郎はこっそり言う。

「様子を窺《うかが》っているみたいね」

「きょうはおとなしく引き上げたほうがいいかな」

「また、あとで来て」

「よし、そうしよう」

保二郎は弥之助と顔を見合わせて立ち上がった。

階下に行くと、例のふたりの男は引き上げたあとだった。

店を出る。辺りはだいぶ薄暗くなっていた。新堀川のほうに向かうと、岡っ引きらしい男が浅草田圃《たんぼ》のほうに歩いて行くのが見えた。

「もう、だいじょうぶそうだな」

保二郎が笑みを漏《も》らした。

「俺はこのまま帰る」

弥之助はきっぱりと言う。

「どうして？」

「俺はああいうところは好かん」

「安っぽい女はだめか」

「そういうことではない。俺にはあのような遊びがだめなんだ」

「なるほど」

「何がなるほどだ」

「神田明神《かんだみようじん》で会った女だな」

「なにを言うか」

弥之助はあわてた。

「おまえが一目惚《ぼ》れをした娘だ。あの娘のことが忘れられないのだろう」

「そうではない」

「隠すな。顔に書いてある」

「ばかな」

弥之助はあわてて顔に手をやった。

「だが、どこの誰ともわからぬ娘ではないか。水茶屋の者にきいても知らないのだろう。二度と会う機会はないかもしれんぞ」

「わかっている。だが……」

弥之助は言いよどむ。

「なんだ？　必ず、見つけだすとでも言うのか」

「いや」

もし、運命というものがあれば、また会える。弥之助はそう信じようとした。

その娘と会ったのは、やはり道場帰り、保二郎とともに神田明神境内《けいだい》にある水茶屋に行ったときだ。

保二郎が気に入っている茶汲《く》み女がいて、半ば強引に連れて行かれた。美人だが、派手な感じで、厚い唇がなんとなく卑猥な感じがし、弥之助はあまり感心しなかった。男に狎《な》れた態度も好きになれなかった。

だから、お参りしてくると、保二郎を残し、弥之助は水茶屋を出て拝殿に向かった。

拝殿に近づいたとき、お参りを済まして振り返った娘とぶつかりそうになった。瞬間、弥之助は落雷に遭ったかのような激しい衝撃を受けた。

細面《ほそおもて》に富士額《ふじびたい》。三日月眉《みかづきまゆ》に切れ長の目。鼻筋が通り、引き締まった唇。色白で、凜《りん》とした中にも清水のように清らかな顔立ちで気品があった。

武家の娘だ。澄《す》んだ目に吸い込まれそうになり、弥之助はしばし棒立ちになり、娘を無遠慮に見つめていた。

「あの、何か」

お供の女中らしき娘が弥之助に声をかけた。

「あっ、すみません」

弥之助は失態を恥じ入るように頭を下げて、道を空けた。

娘は笑みを浮かべ、会釈《えしゃく》して弥之助の脇を通りすぎた。

その光景を保二郎が見ていた。

「確かに、美しい娘だった。だが、どこの誰だかわからないんだ。あのとき、名前をきいておけばよかったんだ。そんな勇気はおまえにはないか」

保二郎は揶揄《やゆ》するように言う。

「まあ、遊ばなくていいから、さっきの女に挨拶《あいさつ》して帰れ」

「わかった」

再び、店に戻ろうとしたとき、目の前を着流しの侍が矢先稲荷のほうに向かった。薄汚れた白地に青い格子縞《こうしじま》の袷《あわせ》だ。

「おや。あれは神村さまではないか」

保二郎が目を瞠《みは》って言う。

「そうだ。神村さまだ」

前の師範代の神村左近がすたすたと歩いて行く。

「こんなところで神村さまをお見かけするとはな」

保二郎が感慨深く言う。

「俺はてっきり、他の道場で師範をしているのだと思っていたが、違うのか」

「違うようだ」

白地に青い格子縞は道場にいるころから身につけていたが、あんなに薄汚れていなかった。

「今、神村さまは何をしているのだろうな。あの様子では、暮らしもそんなによくないように思える」

弥之助は胸を痛めながら、

「そもそも、どうして、神村さまは道場を辞めたんだろうか」

と、きいた。

「沖島さんの話だと、師匠と仲違《なかたが》いをしたそうだ。師匠が病気がちになって神村さまが稽古をつけるようになったはいいが、型稽古ばかりのせいか辞めて行く門弟が増えただろ。そのことを注意したらしい」

「神村さまはそのことに反発を?」

「そう。型稽古ばかりでは門弟も飽きてくる。武者窓の見物人も型稽古ばかり見せられては詰まらない。そう言う師匠に、見物人に見せるために稽古をしているのではありませんと言い返したらしい」

「じゃあ、師匠が神村さまを辞めさせたのか」

「そうらしい。本多さまが稽古をつけるようになってから道場は活気に満ち、門弟が増えたことは間違いない」

神村左近は矢先稲荷の前を過ぎ、入谷《いりや》のほうに向かった。

ふたりは左近を見送って、さっきの店に戻った。

二

朝から風が強かったので、風烈廻り与力の青柳剣一郎《あおやぎけんいちろう》は同心の礒島源太郎《いそじまげんたろう》と大《おお》信田新吾《しだしんご》と共に町廻りに出た。

風烈廻りの見廻りは、失火や不穏な人間の動きを察知して付け火などを防ぐために行なわれる。風の烈《はげ》しい日は剣一郎もいっしょに見廻りに加わる。

上野山下《うえのやました》から広徳寺《こうとくじ》前を過ぎ稲荷町《いなりちょう》にやって来た。菊屋橋に近づいたとき、門前町から若い男が飛び出してきた。

「おっと」

ぶつかりそうになって、新吾は身をかわした。

「すみません」

男はあわてて謝った。

「どうした、あわてて」

「あっ、旦那方。あっしはこの界隈《かいわい》を縄張りに十手《じって》を預かる忠治《ちゅうじ》の手下です。矢先稲荷の脇で、ひとが殺されていました。これから、奉行所に向かうところです」

「ごくろう」

手下が走って行ったあと、

「青柳さま。どういたしましょうか」

と、源太郎がきいた。

「見廻りを続けてくれ。わしが見てくる」

同心が駆けつけたら、あとを追うと言い、剣一郎は矢先稲荷に向かった。

「これは青柳さま」

岡っ引きの忠治が来ていた。

「殺しだそうだな」

「はい。殺されたのは浅草阿部川町《あべかわちょう》で骨董《こっとう》屋をやっている久兵衛《きゅうべえ》という男です」

「どうして、身許はすぐにわかったのだ?」

「亡骸《なきがら》を見つけた職人が矢先稲荷の裏にある『夢家』という呑み屋で何度か見かけたというので、『夢家』の女に確かめさせましたところ、久兵衛だということでした」

忠治が答える。

「久兵衛の身内は?」

「今、使いをやったので、いずれ来ると思います」

「ホトケを拝ませてもらおう」

「どうぞ」

忠治は亡骸にかけられている莚《むしろ》をめくった。

合掌してから、ホトケを見る。三十半ばの小肥りの男だ。目を剝いて、恐怖に引きつった顔で死んでいた。背後から袈裟《けさ》懸《が》けに一刀の下に斬られていた。

「見事な斬り口だ」

剣一郎はかなり腕の立つ者の仕業だと思った。逃げようと背中を向けたところを斬ったのだろう。右から背中にかけて斜《なな》めに斬られていた。

血はほとんど流れていない。殺されて半刻《はんとき》（一時間）ぐらいだろう。

「財布《さいふ》は？」

「なくなっていました。辻《つじ》強盗かもしれません」

そこに若い男が駆けつけてきた。

「忠治親分」

走って来たのだろう、息が弾《はず》んでいる。

「浅草阿部川町の久兵衛はひとり暮らしで身内は誰もいません」

「奉公人は？」

「いません」

「ひとりで、骨董屋をやっているのか」

「それが、近所の者の話では、店は閉まっていることが多かったそうです」

「わかった。ご苦労だった」

「へい」

「青柳さま。お聞きの通りです」

「うむ」

剣一郎はふと思い当たることがあって、もう一度ホトケを検《あらた》めた。見事な斬り口だ。確か、三カ月前……。

剣一郎がそのことに思いを馳《は》せようとしたとき、南町定町廻り同心の堀井伊之助《ほりいいのすけ》が駆《する》けつけてきた。四十近い熟練の同心だ。眠っているような細い目だが、眼光は鋭《するど》い。

「これは、青柳さま」

伊之助が畏《かしこ》まって挨拶をした。

「ご苦労。たまたま通りかかったのだが、ちょっと気になることがある。まず、ともかくホトケを検めよ」

「はっ」

伊之助が忠治とともにホトケのそばに向かった。

ホトケを覗き込みながら、伊之助は忠治から話を聞いている。厳しい顔で、伊之助が剣一郎の前にやって来た。

「かなりの凄腕のようです」

「うむ。そのことと、殺された男がひとり暮らしだったということで、三カ月前の柳原《やなぎわら》の土手での殺しを思いだした」

「確か、身許は不明だったそうですね」

「そうだ。植村京之進《うえむらきようのしん》の受持ちだが、未《いま》だに下手人《げしゆにん》どころか、ホトケの身許もわからない。関わりがあるかどうかわからないが、念のために照らし合わせたらどうか」

「わかりました。さっそく」

剣一郎はあとを託して引き上げた。

その少し前、弥之助と保二郎は『夢家』の二階に戻って、おこうとおせいのふたりを相手に呑みはじめた。

弥之助は神村左近のことが頭から離れなかった。左近が師範代として稽古をつけていたのは一年近い。

左近は気性の激しいひとで、稽古も荒っぽかった。型稽古の繰り返しでも、型通りの返しができなければ容赦《ようしゃ》なく左近の竹刀《しない》が襲い掛かった。型稽古なのに生傷が絶えなかった。何十本に一本かは、手順と違う打ち込みをしてきた。弥之助がそれに対してうまく反応をすると、左近は「よし」と大きな声で褒《ほ》める。それがうれしかった。

「ねえ、あんた。また、他のことを考えているのね」

おせいが弥之助の膝《ひざ》を揺する。

「いや、そんなことはない」

弥之助があわてて言う。

「弥之助さんが楽しんでくれなければ、私たちもつまんないわ」

おこうが真顔で言う。

「なんで、弥之助ばかり……」

保二郎がすねたように言う。

そのとき、廊下から障子越しに、

「おこうさん」

と、呼ぶ声がした。

「ちょっと待ってて」

　おこうが立ち上がり、障子を開ける。女がおこうに耳打ちした。おこうはそのまま部屋を出て行った。

「何かあったのか」

　保二郎は不審そうにきいた。

「何かしら」

　おせいは言ってから、

「さあ、気にしないで呑んでましょう」

　おせいは保二郎のほうに体を移動させて酌をする。

「おこうが帰ってきたら三味線《しゃみせん》を弾《ひ》いてくれ。唄うから」

「保二郎。そなた、唄えるのか」

「俗曲をここで教わったんだ。弥之助も覚えるといい」

「俺は唄はだめだ」

「そんなこと言うな。楽しいぞ」

　保二郎はだいぶ陽気になっていた。

「おこう、遅いな」

四半刻（三十分）ぐらい経って、やっとおこうが戻ってきた。深刻そうな顔だ。

「なにやっていたんだ？」

保二郎が待ちくたびれたようにきく。

「さっき、岡っ引きの手下がやって来てさ」

「なに、また岡っ引きが？」

「さっきは商売の様子見だったけど、今度は違うんだよ。矢先稲荷の近くでひと殺しがあって、殺された男があたしの客みたいだから顔を確かめてくれと頼まれて行ってきたのさ」

「で、どうだったんだ？」

「久兵衛さんだった」

「えっ、あの久兵衛さんが殺されたの？」

おせいが目を剝いた。

「そう。刀で斬られていた」

「刀？　侍の仕業か」

弥之助はきき返す。

「ええ、財布がなくなっているから辻強盗ではないかと言っていたわ」

「辻強盗……」

弥之助は呟《つぶや》いて、

「気にならないか」

と、保二郎に声をかける。

「殺しのこと？」

おせいが乱れた裾《すそ》を気にせずにきく。

「だって、久兵衛さんとは知り合いでもなんでもないんでしょう」

おせいがふたりの顔を交互に見る。

「死んだ男のほうではない」

気になるのは斬ったほうだという言葉を喉元《のどもと》で抑えた。

「殺された久兵衛さんはいつもひとりで来てたのか」

保二郎がおこうにきいた。

「そう、たいがいひとりよ。ふたりで来たこともあったけど」

「浪人といっしょのことは？」

「ないわ」

おこうは答え、

「ねえ、どうして、そんなに気にするの？」

と、きいた。

弥之助はその問いには答えず、

「気になる」

と、一度呟く。

「そんなはずあるまい」

保二郎は首を横に振る。神村左近のことだ。

「見てくる」

弥之助は立ち上がった。

「よせよせ」

保二郎は引き止める。

「すまないが、俺はこのまま帰る」

「あれえ、帰ってしまうのかえ」

おせいが落胆した声を出した。

「なぜ、帰るのさ。これから、三味線と唄でもっと楽しくなるんだからさ」

「この男は恋煩《こいわずら》いをしている。いくらいってもだめだ」

保二郎は諦《あきら》めたように言う。

「まあ、恋煩い？」

おこうが面白そうに弥之助の顔を見た。

「そうだ。神田明神でたった一度見かけた娘の虜《とりこ》になってしまったんだ」

「よせ」

弥之助は強く言い、

「じゃあ、俺は行く」

と、部屋を出た。

おせいがついてきた。

「また、来てね」

おせいに見送られて、弥之助は殺しがあった場所に向かった。

外は暗くなっていた。矢先稲荷の表にまわって鳥居の前に出たところで、羽織を着た八丁堀《はっちょうぼり》の与力らしい武士とすれ違った。威張《いば》っているわけではないのに、威厳に満ちた雰囲気がある。

行きすぎたあとで、武士の左頬《ほお》に痣《あざ》があるのに気づいた。

今のが青痣与力として名を馳せている南町与力の青柳剣一郎かと弥之助は後ろ姿を見送った。

（青痣与力……）

剣一郎が与力になりたての頃、押し込み事件があった。その押し込み犯の中に単身で乗りこみ、賊を全員退治した。そのとき頰に受けた傷が青痣として残った。だが、その青痣が、勇気と強さの象徴のように思われた。その後いくつもの難事件を解決に導き、江戸の平和を守ってきたことから、ひとびとは畏敬の念をもって、剣一郎のことを青痣与力と呼ぶようになった、と聞いている。

気を取り直して、弥之助は久兵衛が殺された場所に行った。

同心や町役人などが集まっていた。町役人に声をかける。

「辻斬りですか」

「いや、わかりません。ただ、相手はかなり腕の立つ侍のようです。背中から袈裟懸けで一太刀」

弥之助は息を呑んだ。腕の立つ侍……。神村左近の姿が脳裏を掠《かす》めた。

たまたま、この付近に用事があって通りかかっただけかもしれない。だが、神村左近のみすぼらしい格好が気になる。

弥之助が引き上げようとしたとき、野次馬のひとりが振り向き、その場から去って行った。小肥りの四角い顔の男だが、こざっぱりした身なりでどこか垢《あか》抜けた感じがする。『夢家』で三十半ばぐらいの不精髭の男と話していた役者だとわかった。

その男は新堀川のほうに向かった。そのあとを追うような格好になり、弥之助は重たい気持ちで下谷七軒町《したやしちけんちょう》にある屋敷に帰った。

夕餉《ゆうげ》をとったあと、剣一郎は居間で妻女の多恵《たえ》から相談を持ち掛けられた。

「るいのことにございます。また、新たに申し入れがございました」

「またか」

剣一郎は呆れるように言う。

るいは十八歳で、嫁に行ってもおかしくない歳になっているが、まだ嫁に行かないのは剣一郎が渋《しぶ》っているためだけではない。

るいには縁談がたくさん舞い込んでいる。千五百石の旗本の息子や、同じ八丁堀与力の家からも乞われ、その他、持ち込まれる縁談は数知れない。

「また、及川《おいかわ》さまからご丁寧《ていねい》なご挨拶がありました」

娘のるいに新たに二千石の旗本及川辰右衛門《たつえもん》の総領息子辰之進《たつのしん》二十三歳との縁組の話が来ている。辰右衛門は小普請組支配で非役の小普請組を統率しており、辰之進は書院番士で、前途有望な若者であるらしい。

武士の縁組にはいろいろ制限がある。御目見《おめみえ》以上と御目見以下の縁組は身分違いの理由で許されないが、いったんしかるべく家に養子あるいは養女に出して縁組をすればよかった。

もし、るいが辰之進を選ぶとすれば、どこぞの格式のある家の養女になってから嫁ぐことになる。

「るいの気持ちはどうなのだ?」

「わかりません。もしかしたら、おまえさまに気兼ねがあるのかもしれません」

「わしに?」

剣一郎は娘を嫁に出すことで束縛はしていないつもりだが、手放したくないという気持ちがるいの心を縛《しば》っているのだろうか。

「わかった。わしが一度、るいの気持ちを確かめてみよう」

「お願いいたします」

「よし、さっそく」

「では、るいを呼んでまいります」

「そうだの。そうしてもらおうか」

剣一郎がるいの部屋に行っても落ち着かない。

多恵は立ち上がってるいのところに行った。

剣一郎は濡縁《ぬれえん》に出て庭を眺める。暗がりに白いものが浮かんでいた。梅の花が咲きはじめたようだ。

伜《せがれ》の剣之助《けんのすけ》も志乃《しの》というよき伴侶を得た。るいもよいところに嫁いでもらいたい。

「父上。お呼びでしょうか」

背後で、るいの声がした。

「ああ、ここへ」

剣一郎はるいを濡縁に呼んだ。

「父上はここが好きでいらっしゃいますね」

「うむ。ここから庭を眺めていると心が休まる」

「父上のお仕事はたくさんの人々の命をお守りするたいへんなお役目ですからね」

「わしひとりで出来ることではない。母上にも支えられている。どんな仕事もたいへんなお役目を担っている」

「はい」

「るいも、伴侶を支える大きな役割がある」

「はい」

るいはくすりと笑った。

「何か、おかしいか」

「いえ。父上が私を呼ぶなんて珍しいこと。やはり、そのことかと思いまして」

「そうか。やはり、そなたは聡明だ」

剣一郎は苦笑した。

どのようにして、剣一郎がそのことに話を持って行くか、るいは考えていたのだろう。

それだけでなく、笑うことによって、剣一郎がその話題に触れやすくなるように気を配ったのだ。

「ずばり、きこう。たくさんの縁談が来ている。どう考えているのだ?」

剣一郎はいきなりきいた。

「はい。ありがたく思っております」

　るいは素直に感謝を述べ、

「るいもいずれは嫁に行かねばならないと思っておりますが、たくさんいただいたお話の中からひとつを選ぶことの困難さに頭を悩ませております。あるお方を選ぶことは、他をお断わりすることでございます。そのことによって、父上の身に何か不利なことが……」

「るい」

　剣一郎は口をはさむ。

「そなたの伴侶を選ぶのだ。父や家のことなど気にしないでいい。自分の気持ちを一番に考えるのだ。たとえ、名家の御曹司《おんぞうし》より、小禄な家の息子に嫁ごうが、るいが望む結婚をすればよい」

　家同士の都合で決めるならこんな楽なことはない。好きでもない相手でもいっしょに暮らしていくうちに情が通じていく。それで真の仕合《しあ》わせがつかめるのなら、家格の高い家に嫁がせればいい。

　家と家の結びつきより、るいが仕合わせになる道を選んでもらいたい。好きな男に嫁ぐのが一番だ。

それは剣之助と志乃をみればわかる。ふたりはしがらみから逃れるために酒田《さかた》まで行き、手をとり合って逃げ延《の》びた。

「るいには、剣之助と志乃のような夫婦を目指して欲しいのだ」

剣一郎は励ますように言う。

「はい。私は玉の輿《こし》を望みません」

るいは微笑《ほほえ》んだ。

「そう言えば、いつぞや神田明神に行って来たそうだな」

「はい」

「どうであったな？」

「とても賑やかで。まあ、きれいなお月さま」

満月が過ぎ、出の遅くなった月が上がって、庭に月影が射した。神田明神の話を避けるように思えたのは気のせいか。

梅の白い花が鮮《あざ》やかに浮かんでいた。

三

数日後、弥之助は道場に行き、いつもどおりの地稽古で汗をかいた。

先に上がった弥之助は保二郎の稽古が済むのを待った。

沖島文太郎は前の師範代の左近の影響か、型稽古を優先させる。文太郎が打太刀で、保二郎の相手をしていた。左上段の次は右上段から、次は正眼と同じことの繰り返しだ。

保二郎の動きが緩慢《かんまん》になってきた。疲れもあるのだろうが、飽きてだれてきたようにも思えた。

「よし、ここまで」

文太郎が声をかけた。

壁際に戻って息を整えている保二郎に近付き、

「沖島さんに神村さまのことをきいてみたい」

と、声をかけた。

「神村さまのこと？」

保二郎は不思議そうな顔をした。

「矢先稲荷近くでの殺しが気になるんだ。斬った相手はかなりの腕だったそうだ」

「神村さまを疑っているのか」

保二郎が顔をしかめた。

「いや、疑っているわけではない。ただ、矢先稲荷に向かう神村さまを見かけたあとに、久兵衛って男が殺されたんだ」

「やはり、疑っているな」

「ただ、神村さまでないということを確かめたいんだ。沖島さんは神村さまが今、どうしているか知っているんじゃないか」

「どうかな」

保二郎は小首を傾《かし》げた。

「いっしょに、沖島さんのところに行ってくれ」

「ひとりで行けよ」

「保二郎のほうが親しいんだ。俺がきくより、おまえからのほうが話してくれる」

「しようがないな。いいだろう。それで、おまえの気が済むならな」

身支度《みじたく》をしながら、保二郎は言って、

「それにしても、どうして神村さまのことを気にするのだ？」

「僅《わず》か一年だったけど、稽古をつけてくれたひとではないか。あのひとは何か人に言えないような暗い部分があった。そのことも知りたいんだ」

「暗い部分か」

保二郎は他の門弟に稽古をつけている沖島を見つめ、

「終わったらきいてみよう」

と、言ってから、

「そんなことより、早く御番入りを果たさねばな。逢対《おうたい》日にはいつも支配どのは気を持たせることを言うんだが」

「親父どのに何か言われたな」

「ああ、せっつかれている。いまのままじゃ、嫁の来てがないとな」

保二郎は苦笑し、

「おまえだって、のんびり構えてられんぞ。もし、神田明神で見かけた娘とまた出会ったとしても、非役では求婚もできんぞ」

「わかっているが」

文太郎が稽古を終えた。道場を出ていく。

「厠《かわや》かもしれぬ」

保二郎は立ち上がった。

弥之助もあとに続いて廊下に出る。

ふたりで厠から出てくるのを待つ。

厠の戸が開いて、文太郎が出てきた。

「どうした?」

文太郎が不思議そうにきく。

「沖島さん。教えていただきたいことがあります」

保二郎は切り出した。

「前の師範代の神村左近さまのことです」

「神村さんの?」

「はい。今、どこにお住まいかわかりませんか」

「なぜ、そのようなことを?」

「じつは、先日、ふたりで『夢家』に行きました。そのとき、矢先稲荷の前で、神村さまをお見かけしたんです」

「着ているものもよれよれで、暮らしに困っているのではないかと気になって」

保二郎が続ける。

「神村さんとは、その後、お会いしていない」

文太郎は表情を曇《くも》らせた。

「神村さまはどうして道場を辞めたのでしょうか」

稽古の仕方で師匠から叱責されたと保二郎から聞いたが、弥之助は確かめた。

「わからん」

文太郎は首を横に振る。

「稽古の仕方で師匠と意見が合わなかったからではないんですか」

保二郎が口をはさむ。

「意見が食い違ったのは確かだ。ただ、そうだとしたら、型稽古を少なくすればいいだけのことで、何も神村さんが辞める必要はない」

「…………」

弥之助と保二郎は顔を見合わせた。

「別の理由があったのであろう」

「それはなんでしょうか」

弥之助はきいた。

「わからない」

「そうですか」

「そうか。神村さんは……」

文太郎はそう呟きながらふたりの前から離れて行った。

「沖島さん。何か知っているように思えるが」

弥之助は小声で言う。

「うむ。何か隠しているようだ」

保二郎も応じた。

「ひょっとして、沖島さんは神村さまの住まいを知っているのではないだろうか」

「なぜ、隠すんだ？」

保二郎は問い返した。

「そうだな」

弥之助は何かしっくりしなかった。

道場を出て、これから用があるという保二郎と別れ、弥之助は思い立って矢先稲荷に足を向けた。

数日経っており、久兵衛殺しの下手人は捕まったかもしれない。

新堀川の川筋を行く。どこからか梅の香りがしてきた。途中にある寺の境内に梅の花が見えた。そろそろ見頃を迎える。

ふと、ため息がもれた。神田明神で出会った娘の顔が脳裏を掠めた。あれから、何度も神田明神に行き、境内で時間を潰《つぶ》したが会うことはなかった。

あの娘のことを考えると、胸が切なくなる。神村左近のことに首を突っ込んでいるのは、娘のことを忘れたいがためかもしれない。

矢先稲荷にやって来た。殺しがあった場所に足を向ける。鳥居の前を過ぎ、神社の脇に出る。その神社の脇にある雑木林で久兵衛は殺されたのだ。

その雑木林の前まで来て、弥之助は疑問を持った。なぜ、久兵衛はここで殺されたのだろうか。

辻強盗だとしたら、久兵衛はここを通りかかったのだ。久兵衛はどこに行くつもりだったのだろうか。

『夢家』に行くなら、矢先稲荷の手前の路地を入らねばならない。だが、久兵衛はそこを曲がらず、鳥居の前を素通りしているのだ。それとも入谷のほうに向かうつもりだったのか。こっちのほうの寺に用事があったのだろうか。

弥之助はあのときのことを思いだしてみる。はっとした。左近を見送り、『夢家』に向かいかけたとき、商人ふうの男がやって来て左近が行くほうに向かった。

その男が久兵衛だったのではないか。

だとしたら、先に左近が歩き、あとから久兵衛が続いた。途中で、左近に悪心が起こり、あとから来た久兵衛を殺して金を奪った。

だとしたら、久兵衛はどこに行こうとしていたのか。それに、左近もどこに向かっていたのか。

もしや……。

背後で、枯れ草を踏む音がし、弥之助は振り返った。

「あっ、沖島さん」

弥之助は驚いて声が喉に詰まった。

「こんなところで、何をしているのだ？」

文太郎が不審そうにきいた。

「沖島さんはどうして？　ひょっとして、神村さまを探しに？」

「うむ。そなたたちの話を聞いて気になった」

「なぜ、沖島さんは神村さまのことを？」

「それより、俺の問いに答えよ」

文太郎は険しい顔をした。

「私はただ……」

左近を疑っているとは言えずに曖昧に言う。

「ここで、久兵衛という男が殺されたそうだな」

「ご存じでしたか」

「きのう、『夢家』で女から聞いた。『夢家』は俺が保二郎を連れていってやったところだからな」

文太郎は口許を歪め、

「下手人はかなりの腕前らしいな。そなた、下手人を、神村さんだと疑っているのではないのか」

「あの日、神村さまがこっちに歩いて行くのを見かけたのです。そのあとで、殺しがあったようです」

「神村さんのことを町方には?」

「話していません」

「それがいい」

文太郎は厳しい顔で言い、

「辻強盗らしいが、神村さんがそんな真似をするとは思えぬ。貧しても、武士の矜持《きょうじ》を保っているはずだ」

と、強く言い切った。

「はい。私もここに来て、辻強盗ではないとはっきりしました」

弥之助は自分の考えを述べた。

「確かに、そうだな」

文太郎は辺りを見回した。

「神村さんはこっちのほうに用があったのだろうか」

「お寺が幾《いく》つかありますが、あとは下谷のほうに出るか入谷田圃を突っ切るつもりだったのでしょうか」

「神村さんはそっちのほうに住んでいるのかもしれぬな」

文太郎は頷《うなず》きながら、

「しかし、なぜ、久兵衛を殺したのか」

と、疑問を呈《てい》する。

「まだ、神村さまが殺《や》ったとは決まっていません」

「そうだが、神村さんへの疑いは拭《ぬぐ》いがたい。問題は、久兵衛なる男だ。久兵衛は骨董屋の主人だそうだが、神村さんと何か関わりでもあるのだろうか」

文太郎は険しい顔つきで思案する。

「沖島さんはどうして神村さまのことを気になさるのですか」

弥之助は不思議に思った。

「俺は神村さんに可愛がってもらったからな。それだけでなく、神村さんには得もいわれぬ翳《かげ》があった。そのことを気にしていたんだ。道場を辞めたことも気になっている」

文太郎も翳のようなものを感じていたのだ。

「突然、辞めたのですね」

「突然だ。師匠は逃げまわっているのではないかと言っていた」

「逃げまわる?」

「わからないが、神村さんが浪人になったわけが絡んでいるのかもしれない」

「神村さまはどこのご家中だったのですか」

「西国の大名とだけで、言おうとしなかった。こんなところにいて怪しまれるといけない。万が一、町方に声をかけられても、神村さんの名だけは出さぬように」

「はい」

「じゃあ、俺は引き上げる」

文太郎はあわただしく引き上げた。

弥之助も来た道を戻った。

そのとき、脳裏を掠めた男がいた。殺しの現場を見ていた役者らしい男だ。『夢家』で、三十半ばの不精髭の男とひそひそ話をしていた。

左近を見かけたあと、『夢家』に戻ったとき、不精髭の男も役者らしき男も引き上げたあとだった。

だが、弥之助が殺しの場所にかけつけたとき、その男は野次馬の中にいた。つまり、『夢家』を出たあともこの近辺にいたのだ。

だとしたら、左近や久兵衛、あるいはそれ以外の誰かを目にしていたのではないか。殺しを見ているとは思えないが、どんな人間を見たかきいてみたいと思った。

弥之助は『夢家』に行った。

土間に入ると、

「あら、来てくれたのね」

と、おせいが小肥りの体を揺らして立ち上がってきた。

「すみません、きょうは客ではないんです」

あわてて、詫《わ》びる。

「いいのよ。で、なんなの？」

「この前、小上がりで役者らしい男と三十半ばの不精髭の男がいたんですが、覚えていますか」

「ええ、不精髭の男は三蔵さんね。もうひとりは知らないわ」

「三蔵さんの住まいはどこかわかりませんか」

「菊屋橋の近くにある寺のそばに芸人長屋がある。そこにいるらしいわ」

「芸人長屋？」

「大道芸人がたくさん住んでいるところ」

「三蔵さんは元役者なんですね」

「そうらしいわ。端役だったらしいわ。芽が出ずにすぐにやめたみたい」

「今は何をやられているんですか」

「大道講釈をしているらしいわ」

大道で、太平記《たいへいき》などの軍記物を語るのだ。

「たまにはここに来るのですか」

「ええ、たまにね」

「わかりました」

「あら、もう行っちゃうのね」

「すみません。また保二郎といっしょに来ます」

弥之助は『夢家』を出て、芸人長屋に向かった。

芸人長屋はすぐにわかった。今にも倒れそうな長屋だ。節季候《せきぞろ》や願人坊主、蛇遣いなどの大道芸人が棟割《むねわり》長屋に住んでいた。

弥之助は路地にいた年寄りに三蔵の住まいをきいた。ちょうど、近くの戸障子が開いて、三蔵が出てきた。

弥之助が前に出ると、三蔵は驚いたように立ち止まった。

「三蔵さんですね」

「そうですが、なんですかえ」

三蔵は警戒ぎみになった。

「先日、『夢家』で、あなたは役者ふうのひとといっしょでしたね。その方のお名前と住まいを教えていただけないでしょうか」

「なぜですかえ」

三蔵は長屋木戸のほうに向かいながらきく。

「矢先稲荷のそばでひとが殺されました」

弥之助は追いながら、

「そのとき、野次馬の中にその方がいたんです。ひょっとしたら、何か見ていたのではないかと……」

「見ていたら、町方に言うでしょうよ」

三蔵は無表情で呟く。

「いえ、殺しを見たというわけではなく、その付近を歩いていた男について何か見ていなかったか」

「教えたら、その男に会いに行くんですね。それは、あの男にとっちゃ迷惑な話だ。俺の一存ではおしえられませんね」

「決して、そのお方に迷惑をかけるようなことは……」

「申し訳ありませんが、他を当たってください」

冷たく言い、三蔵は新堀川の川筋を北に向かった。『夢家』に行くのかもしれない。追いかけても無駄だろう。弥之助は出なおすことにした。

四

翌日の夜、剣一郎の屋敷に植村京之進がやって来た。

三十そこそこだが、有能な同心だ。奉行所の中でも特に剣一郎を信奉している人間で、探索の相談に屋敷によくやってくる。

「夜分に申し訳ありません」

京之進はまず詫びた。

「いや、構わん」

「はっ。堀井さんからお声をかけられて、久兵衛なるものの傷跡を検めました。

見事な斬り口は三カ月前のホトケと同じにございます。斬った者は同じ侍だと思われます」

「そうか。やはり、同じか」

剣一郎は三カ月前のホトケの傷を見ていない。ただ、京之進から聞いただけだった。それでも、京之進が感心するくらいの斬り口だったので、もしやと思ったのだ。

「まだ、身許はわからんのだな」

「はい。おそらく、江戸の者ではないだろうと思われます。持っていたものからは、手掛かりになるようなものは見つかりませんでした」

「江戸の者ではなくとも、江戸にやって来た日に殺されたとは思えない。どこぞに滞在していたはずだが」

「江戸中の旅籠《はたご》を当たりましたが、どこにも泊まっていません。誰かの家にやっかいになっていたものと思えます。が、それでしたら、その者から届け出があったとしてもよさそうですが……」

京之進は困惑してあとの言葉を呑んだ。

「久兵衛のほうはどうなのだ?」

「堀井さんの調べでも、久兵衛には謎《なぞ》が多いようです。近所の人間の話では、家に出入りをする人間は多かったそうです。ですが、その者たちも何も言ってきません」

「久兵衛と三カ月前の男は仲間だな」

「おそらく。何者かが、ある一味に復讐《ふくしゅう》をしているのではないでしょうか」

「考えられることだ。その場合、まだ犠牲《ぎせい》が出るな」

「はい」

厳しい表情で、京之進が頷いた。

京之進が引き上げたあと、剣一郎は憂慮を覚えた。この先、また新たな殺しがあった場合、南町奉行所に対して町の者たちが不信を抱きかねない。

多恵がやって来た。

「今日、及川さまのところからお誘いが参りました。お屋敷にて、梅見の宴を開くので、るいを招きたいとのことでございます」

「及川さま自らるいの品定めをするつもりのようだの」

剣一郎は呟いたが、

「るいの思い通りにするように」

と、すぐ付け加えた。

断わるわけにはいかないが、もし、気が進まなければ、剣一郎から断わりの返事をするつもりだった。

「及川さまとはどのようなお方なのでしょうか」

多恵は心配そうにきく。

「宇野《うの》さまにお訊ねしたところ、武士らしく気骨のあるお方で、子どもを厳しく育てていて、息子の辰之進どのも気骨のある若者らしい。辰之進ならば、間違いないと宇野さまは太鼓判《たいこばん》を押されていた」

南町奉行所一番の実力者であり、お奉行も宇野清左衛門《せいざえもん》抜きでは奉行職が成り立たないことを知っている。

「そうですか。最近、るいは心なしか、思い悩んでいるように見受けられましたので、そのようにお話をしておきましょう」

「そうか。るいは父の立場、青柳家のことを考えてしまうのだろう。そのようなことを考えるなと申したのだが。るいの気持ち次第だ」

剣一郎は安心させるように言ったあと、ふと思いだして、

「るいは、先日神田明神に行ったな」

と、きいた。

「はい。あの近くに用事があったついでにお参りしてきたそうです。それが何か」

「いや。神田明神の話をしないので、ちょっと気になった」

「じつは私も気になって女中に神田明神で何かあったのかきいてみました」

「何かあったのか」

剣一郎は胸が騒いだ。

「いえ。ただ……」

多恵は意味ありげに間を置いて、

「お参りを済ませて振り返ったとき、拝殿に向かう若いお侍さまとぶつかりそうになったそうでございます」

「それで、何か問題が？」

剣一郎は焦《あせ》って先走る。

「そうではありません。先方は丁寧に詫びて別れたそうですから」

「そうか」

剣一郎は安堵《あんど》したが、多恵がまだ言いよどんでいるようなので、

「まだ、何か」

と、促《うなが》した。

「女中が申すには、その若いお侍さまはとても凛々《りり》しいお方だったそうです」

「………」

「帰り、るいの口数が少なくなったと、女中が申していました」

「まさか、るいはその若侍に恋煩いを……」

「さあ、どうでしょうか。どこのどなたかも知らないお方ですし、いつまでも尾を引いているとは思いませんが」

「そうだな。でも、どんな若者か、一度会ってみたいものだ」

「気になりますか」

「るいが心惹《ひ》かれた男だからな」

「いやですわ。それは勝手にこっちで決めつけているだけで、ほんとうのことはわかりません」

多恵は呆れたように笑った。

翌日、出仕した剣一郎は恐れていた知らせを受けた。

堀井伊之助が剣一郎に面会を求め、与力部屋まで参上して、

「昨夜、入谷で行商人らしき男が斬られて殺されました。袈裟懸けに一刀の下に斬られていました。その斬り口から久兵衛を斬った侍と同一人物ではないかと思われます」

「やはり、新たな死者が出たか」

「はい。まだ、殺された男の身許はわかりません」

「三カ月前の殺し、久兵衛の件、すべて通じているようだ。まず、殺された男たちの素性を割り出さねばならぬ」

「はい」

「郡代屋敷に問い合わせ、御代官手付どのに人相などを問い合わせてみるのだ。江戸の外で暴れ回っている盗賊一味ということも考えられる」

「はっ。さっそく」

伊之助が引き上げて、剣一郎は三人の殺しに思いを向けた。

身許がわからないのは、殺された三人が江戸の人間ではないからだろう。周囲に、いなくなって不審を抱くようなつきあいがないということだ。

一刻（二時間）後、入谷で殺された男の亡骸が奉行所の裏庭に運ばれてきた。

剣一郎はさっそく検める。

ホトケは肩幅の広い大柄な男だ。左肩から袈裟懸けに斬られている。見事な斬り口がみてとれた。

これだけの技量を持つものなら江戸でも知られているのではないか。無駄かもしれないが、剣術道場を当たらせてみよう。そう思ったが、殺された三人が江戸者でないように、殺したほうも江戸の人間ではないのかもしれない。

剣一郎は男の手を見た。商人にしてはごつい手だ。手のひらに竹刀だこがあった。やはり、堅気《かたぎ》の人間ではない。

その他、手掛かりになりそうなものを探したが、何も身につけていなかった。懐《ふところ》に財布もない。

懐から手を抜いて、ふと剣一郎はあることに気づいた。この手の男なら匕首《あいくち》を懐に呑んでいるのではないか。

懐に鞘《さや》もない。斬った侍が財布とともに持ち去ったのではないか。斬ったほうが、ホトケの身許がわかるものを持ち去ったのだ。

匕首の鞘には持主の名前が書いてあったのかもしれない。

剣一郎は立ち上がり、伊之助を呼んだ。

手のひらの竹刀だこから堅気の人間ではないことを話し、

「亡骸のあった周辺に、匕首が捨ててあるやもしれぬ。探索させよ」

「はっ」

「それから、剣術道場を当たり、凄腕の剣客《けんかく》を洗い出すのだ」

これ以上の殺しをさせてはならぬと、剣一郎は覚悟を伊之助に伝えた。


昼過ぎに、剣一郎は年番方与力の宇野清左衛門に呼ばれた。

「宇野さま」

剣一郎は文机《ふづくえ》に向かっている清左衛門に声をかけた。

見ていた書類を閉じて、清左衛門は振り返った。

「青柳どの。すでに関わっているようだが、正式にお願いしたい。一連の殺しの探索に本格的に乗り出してもらいたい」

「望むところです。下手人どころか、殺された三人の身許もわからないのは尋常ではございません」

「うむ」

「思うに、下手人も殺された三人も江戸の人間ではないのでありましょう。すべての真相は遠国にあるに違いありません。江戸を血で汚されるのは許しがたいことでございます。必ずや、ことの真相を明らかにいたします」

珍しく、剣一郎は必要以上に気負った。それは手掛かりがまったくないことへの不安の裏返しかもしれないと、剣一郎は自分でも思った。

「とりあえず、堀井伊之助に郡代屋敷への問い合わせ、それから剣術道場での腕の立つ剣客の洗い出しをお願いしたところです」

「なるほど」

清左衛門は安心したように、

「またしても青柳どのに頼ることになるが、よろしくお頼みいたす」

と言って、頭を下げた。

「では」

剣一郎が座を立とうとしたとき、

「及川さまは」

と、清左衛門が切り出した。

剣一郎は居住まいを正した。

「るいどのにだいぶご執心のようだ。こんど、梅見の宴に招かれたそうだが」

「どなたからお聞きで？」

剣一郎は不思議に思ってきいた。

「お奉行が及川さまから声をかけられたそうだ」

「及川さまがお奉行に？」

「そうだ。及川さまはあちこちでこの件を言いふらしている。るいどのに縁組の申し入れをした直参方も及川さまには遠慮しなくてはならない。なんだか、及川さまは外堀を埋めるようなやり方で進めているようだ」

「そうですか」

剣一郎は胸の辺りに不快なものが貼《は》りついたような気がした。

「どうしたな」

清左衛門は剣一郎の顔色を読んで、

「確かに及川さまのやり方は強引だ。だが、倅の辰之進は立派な若者だそうだ。るいどのにも悪い話ではない」

清左衛門はなぐさめるように言う。

「私はるいの気持ちを一番に考えてやりたいと思っています」

「そうだの」

ふと、清左衛門は不安そうな表情をした。

「何か」

「いや」

清左衛門は曖昧に笑った。

「ひょっとして、及川さまには大物の後ろ盾が？」

「そこまではしまい。気にすることはない」

清左衛門は話を切り上げた。

まだ、どうなるかわからないことで、あれこれ考えることもないので、剣一郎は引き下がった。


その日の夕方、剣一郎は浪人笠をかぶって、阿部川町の久兵衛の店にやって来た。

雨戸が閉まっている。家は無人だ。

「青柳さま。どうぞ」

岡っ引きの忠治が裏口に案内して家の中に入った。

店には大皿や長火鉢《ながひばち》、茶簞笥《ちゃだんす》がおいてあるだけで、閑散《かんさん》としていた。商売をしている様子はなかった。

やはり、骨董屋は表向きだ。

「素性を示すものはなかったのか。手紙類は？」

「ありませんでした」

「妙だな。久兵衛がここに住みはじめたのは三カ月ほど前であったな」

「そうです」

「三カ月の暮らしの中で、数人の男の出入りがあったにしては、何もなさ過ぎる」

「へい」

「久兵衛が殺されたと知って、あわてて仲間が素性のわかるものを持ちだしたか、もともと用心をしてそういったものを置いていなかったか」

「久兵衛が殺されてから一刻（二時間）も経たずに、この家に知らせに走りました。その僅《わず》かな間に、久兵衛が殺されたことを仲間が知ったとは思えないのですが」

「そうだな」

剣一郎は頷き、

「いったい、久兵衛はこの家で何をしていたのだろうか。仲間とのつなぎをとるための場所だったのか」

「久兵衛は『夢家』という怪しげな呑み屋にときたま行ってましたが、そこは単に遊びに行っていたようです」

「そこに案内してもらおう」

「へい」

家を出て、新堀川の川筋を北に向かった。

『夢家』は矢先稲荷神社の裏手であり、久兵衛が殺された場所は矢先稲荷の北側の雑木林の中だ。

「殺される前、久兵衛は『夢家』にいたのではないのだな」

「そうです。その日は、『夢家』に顔を出していません」

間口の狭《せま》い呑み屋が軒を連ねる中に『夢家』があった。

忠治が入ると、店の中の空気が一瞬にして変わった。小上がりの座敷にいた客が笑い声を引っ込めた。女たちの顔つきも厳しいものになった。岡っ引きはだいぶ嫌われているようだ。

「おこうを呼んでくれ」

忠治がそこにいた女に声をかける。

女は黙って奥に行った。

しばらくして、白粉を塗りたくった年増が出てきた。

「おこう。青柳さまがお訊ねしたいことがある」

「青痣与力ね」

おこうは無遠慮に剣一郎の顔を見た。

「聞かせてもらえるか」

剣一郎は静かに切り出す。

「青柳さまだったらなんでもお答えしますよ」

忠治が不快そうな顔をしたが、おこうは無視して、

「なんですね」

と、促した。

「久兵衛はそなたを目当てに来ていたんだな」

「ええ。そうです。いつも私が相手をしました」

「久兵衛は江戸の人間ではないようだ。生まれはどこか話したか」

「それが、あのひと、口が重くてあまり喋らなかったんです」

「自分の素性について何も？」

「ええ。ただ、江戸じゃないとは言ってました。でも、どこから来たとは言いませんでした」

「ここにはいつもひとりか」

「そうです。たいがいひとりです」

「通い出したのは、いつごろからだ」

「二カ月前からです」

「久兵衛のことで、何か驚いたり、不思議に思ったりしたことはなかったか」

「さあ、特には」

「酒を呑むだけか。それとも、他の遊びもしたのか」

「ええ」

おこうは忠治を横目で見てから、

「二階に上がりましたよ」

と、含み笑いをした。

「久兵衛が誰かを探していたり、逆に誰かが久兵衛を探していたりしたことはないか」

「いえ、ありません」

「とくに注意を引くようなことはなかったんだな」

「はい、気がつきませんでした」

「あとで、何か思いだしたことがあればどんなことでもいい、知らせてもらいたい」

「はい」

剣一郎は『夢家』を出て、矢先稲荷の前を過ぎ、殺しがあった場所に行った。道を外れた雑木林の中だ。

久兵衛はなぜ、雑木林の中に入ったのか。ここまで逃げ込んだのか。剣一郎は辺りを歩き回った。

矢先稲荷の脇門があった。剣一郎は戸を開けた。錠はかかっていない。境内に入る。近所の者らしい中年の女が拝殿で手を合わせていた。

もう一度、脇門から雑木林のほうに出る。何度も周辺を歩き回っている剣一郎を、忠治が不思議そうに見ていた。

五

きょうは月に二度ある逢対日で、弥之助は小石川《こいしかわ》にある小普請組頭の屋敷を訪れた。

「どうか御番入りが叶《かな》いますようによろしくお願いいたします」

「うむ。そなたの日頃の精進は聞いておる。剣のほうは一刀流の仁村十右衛門道場に通っておるのだな」

弥之助が差し出した書類を見ながら、組頭が言う。

「はい」

「そなたは、独り身だったな」

「はい」

その瞬間、また神田明神で出会った武家の娘を思いだして胸が切なくなった。会ってからひと月は経つのに、思いだけはますます募《つの》る。

だが、未だにどこの誰かもわからず、その後、何度も神田明神に足を運んでいるが、再会の奇跡は起きていない。

「そなたもいずれは嫁をもらわねばならぬ。そのためにも、御番入りを果たさねばな」

組頭が弥之助に好意的であったのは、弥之助の父を知っているからだ。父は役付きだったが、病気になって小普請入りをした。組頭はそのことで同情してくれている。

「役職に欠員が出た場合にそなえ、常にお役に立てるよう心がけておれ。さすれば、必ずや道は開けよう」

「はい。ありがとうございます」

「機会を見て、御支配さまに引き合わせよう。いざというときに真っ先にお取り立てくだされよう」

御小普請支配は旗本及川辰右衛門である。

「ご高配、まことに痛み入ります」

弥之助は低頭した。

組頭の屋敷の前で、保二郎の逢対が終わるのを待ち、いっしょに帰途についた。

「どうだった?」

保二郎がきく。

「機会を見て、御支配さまに引き合わせてくださるそうだ」

「なに、御支配に？」

保二郎は舌打ちして、

「俺にはそんなことは言ってくれなかった」

保二郎は吐息を漏らし、

「組頭はおまえを気に入っている。裏表がなくて誠実なところを評価されているようだが、俺だって裏表がない。やはり、俺は軽薄そうに見えるのかな」

「お会いするときは保二郎もいっしょにとお願いしてみる」

「そうか。頼んだ。持つべきものは友だ。おまえのそういうところが、皆に気に入られるのだろうな」

保二郎は手を合わせて言う。

小石川から湯島《ゆしま》の切通《きりとお》しを経て、下谷広小路《ひろこうじ》に出た。

「これから浅草に行ってくる」

弥之助は言う。

「三蔵という男のところか」

「ああ、どうしてもあのときの相手の役者ふうの男の名を知りたいのだ」

「おまえはまだ、久兵衛殺しを神村さまだと思っているのか」

「そうではないが……」

弥之助は曖昧に返事をしてから、

「それより、神村さまの行方《ゆくえ》はわかりそうもないか」

と、きいた。

「沖島さんが入谷から三ノ輪《みわ》のほうを歩き回っているが、まだ見つからない」

「仮に、そのほうに住んでいたとしても、今は住まいを変えていると思う」

弥之助は久兵衛殺しを念頭において言った。

「じゃあ、俺はこっちから行くから」

屋敷に帰る保二郎と別れ、弥之助は浅草に向かった。

弥之助は芸人長屋にやって来た。ほとんどここ毎日来ている。

「失礼します」

三蔵の住まいの腰高障子を開ける。三蔵は太平記読みの稽古をしていたようだが、ちょうど休憩なのか煙草《たばこ》をすっていた。

「お侍さんもしつこいね」

三蔵は呆れ返ったように土間に立っている弥之助に言う。

「こんな汚い場所によくこられますね。気持ち悪く、ないんですかえ」

「どうして気持ち悪いんですか」

弥之助はきき返す。

「ここは貧しい芸人たちの住まいですぜ」

「知っています。自分の芸で暮らしを立てているひとたちではありませんか。私のように成すべきこともなく、無駄に過ごしている身からしたらうらやましい限りです」

「お侍さんは、そこらの偉ぶっている侍とは違うようですね」

三蔵は呟いてから、

「それよか、お侍さんは菊五郎によく似ていなさる。女を泣かすような真似はしないでくださいよ」

「とんでもない。私はそんなことしません」

弥之助はあわてて否定し、

「あの役者さんは三蔵さんに何を頼んでいたのですか」

「お侍さんには関係ないことですよ」

煙草盆の灰吹に灰を落として、三蔵は言う。

「まあ、そうですが」

弥之助は素直に応じたが、

「三蔵さんはどうして役者を辞めたのですか」

と、さらにきいた。

三蔵は迷惑そうな顔をした。

「三蔵さんは新しい役を編み出したそうですね。そのことで、座頭ともめたようなことを話していましたが」

三蔵は苦い顔をして、

「若気の至りだ。今だったら、座頭の言葉が身に沁《し》みるのだが」

「どういうことなんですか」

弥之助は熱心にきいた。

「そんなこと、面白くないだろう」

「いえ。お聞きしたい。新しい役を編み出したことに関心があります。三蔵さん、ぜひ、教えてください」

「お侍さんも変わったおひとだ」

三蔵は苦笑してから、

「まあ、そこにお座りなさい」

と、上《あが》り框《かまち》を手で指した。

「失礼します」

刀を脇に置いて、弥之助は腰を下ろした。

「俺はある演目で、女と心中する男の役をやった。女と見つめ合い、何度かの逡《しゅん》巡《じゅん》の末に匕首を女の胸に突き刺す。突き刺すときには顔をそむけ目を瞑《つむ》る。だが、俺はこのとき、疑問を持った。顔をそむけ目を瞑ったら、狙いを外してしまいかねない。好きな女を殺すのだから、急所を外して苦しませないようにするはずだ。だから、俺は目を開けたまま刺した。そしたら、座頭から、なんだあの芝居はと、叱られた。もちろん、俺は言い返した。生意気だったからな」

「なぜ、座頭は気に入らなかったんですか」

「十年早いと言われた」

「十年早い？」

「頭でっかちってことだ。目を開けて刺すってのは、女と見つめ合って何度かの逡巡の末に刺す芝居が完璧に出来てから考えるってことだとな」

「………」

「つまり、顔をそむけ目を瞑って突き刺す芝居で観客を唸《うな》らせる。その上で工夫をして、はじめて芝居が生きてくるってことだ。座頭はそう言った。だが、俺は反発した。あんな芝居じゃ、客は喜ばないとな。それから、座頭は俺を……」

三蔵は寂《さび》しそうな表情で、

「それからは役を与えてもらえなくなり、結局辞めた。だが、どこにいっても、俺を使ってくれるところはなかった。芝居の世界から締め出しを食ったというわけだ。だが、今になって、座頭が言っていたことがわかるんだ」

「わかる？」

「俺は、顔をそむけ目を瞑って突き刺す芝居で観客を唸らせる自信がなかっただけなんだ。だから、あんなことを考えたんだ。その芝居が出来ていないから、目を開けたまま刺すという芝居によい結果が出なかったんだ。もし、それが出来ていたら、好きな女を殺す悲しみややりきれなさをもっと訴えることが出来た」

「そういうことですか。わかるような気がします」

「お侍さんの剣術もそうでしょうが、芝居にも型があるんです。この型を完璧に自分のものにしてからでないと、何をやってもだめだということです」

「型を完璧に……」

「そうでさ。もし、そのことに気づいていたら、俺はまともな役者になっていたかもしれません。型を身につけていないものに限って能書きばかりがうるさいものです」

三蔵は寂しそうに言った。

「型は大事なんですね」

「そうです。型を完璧に身につけなきゃ、その先はありません」

神村左近が型稽古ばかりをさせていたのは、それが大事なことだったからだ。型を身につけていないものに限って能書きばかりがうるさいものです、という三蔵の言葉が胸に迫った。

「お侍さんが気にしている役者ですが、あの男は俺に役作りで相談に来たんです。あの男は来月の市村座で『仮名手本忠臣蔵』の五段目山崎《やまざき》街道の場に登場する与市兵衛《よいちべえ》を演じるんですよ。お侍さん、芝居は見ますかえ」

「いえ、恥ずかしながら。でも、『仮名手本忠臣蔵』は知っています」

「そうですか。与市兵衛はおかるの父親です。娘を売った金を持って山崎街道を行く途中、盗賊に成り下がった斧定九郎という浪人に金を奪われ殺されるのです。まあ、端役ですが、あの男は与市兵衛の役で注目を浴びたいと思い、俺のところに何か工夫があったら教えて欲しいと言ってきたんです」

「そういう端役でも役作りに苦労するんですねえ」

「まだ若いのに年寄りの役をするんで不安なんでしょうが、それより目立ちたいし、認めてもらいたいんですよ。昔、斧定九郎《おのさだくろう》を演じた中村仲蔵《なかむらなかぞう》は山賊の扮装《ふんそう》の定九郎を黒羽二重《くろはぶたえ》に朱鞘《しゅざや》の落とし差しというように変えて、つまらない定九郎役の名を高めたことがありました。このことが頭にあったので、与市兵衛の役を当てられたあと、なんとか注目を浴びたいと考えるようになったんでしょう」

「何かよい考えはあったんですか」

「ありません。さっきも申しましたように、工夫なんてのは型を身につけて、はじめて出来るもの。だから、そんなことを考えず、与市兵衛の役をその通りにこなすことを考えたほうがいいと言いました。だが、わかっちゃいないようでした」

「型のお話、参考になりました。じつは私も道場でずっと型稽古をやらされていた時期があり、いささか飽いていたことがありました」

「ある中堅の役者から、長老の役者と共演したときの話を聞いたことがある。長老の役者はわざと舞台で相手役の技量をためそうと、その場で思いつきの台詞《せりふ》を言ったり、芝居をするそうです。意地が悪いと言えば、それまでだが、型が身についていない役者は返す芝居が出来ない」

弥之助は剣術と同じだと思った。神村左近は型稽古の際、ときたま手順と違う手を使った。あれは、型が身についたかどうかを確かめる意味合いもあったのかもしれない。

そんな左近がひとを殺したかもしれないのだ。左近に何があったのか、弥之助はますます左近に会いたくなった。

「市山千之丞《いちやませんのじょう》だ。堺町《さかいちょう》に住んでいる」

いきなり、三蔵が言う。

「三蔵さんと話していたひとですね」

こんど与市兵衛をやる役者だということから探し出すことは出来るが、名前を教えてもらったら探す手間が省ける。

「三蔵さん。いろいろありがとうございました」

弥之助は立ち上がって礼を言う。千之丞の名を聞いたことより、型稽古の重要さを教えてもらったことのほうが大きかった。

「初日を間近に控え、主だった役者は贔屓筋《ひいきすじ》に招かれて料理屋に上がっているかもしれませんが、千之丞は自分の女にやらせている元浜町《もとはまちょう》の『千之丞』という呑み屋にいるはずです。俺の名前を出していいですよ」

弥之助は戸口の前でもう一度、頭を下げた。


浜町堀にある『千之丞』はすぐにわかった。

まだ、暖簾は出ていない。手をかけると、戸が開いた。弥之助は土間に入る。

女将《おかみ》らしい女が奥から出てきた。

「まだなんですよ」

うりざね顔の色っぽい女だ。

「こちらに市山千之丞さんがいらっしゃると伺ったのですが」

「失礼ですが、どちらさまで」

「高岡弥之助と申します。三蔵さんからきいて参りました」

「少々、お待ちを」

女は奥に引っ込んだ。

少し待たされてから、三十過ぎの男が出てきた。小肥りの四角い顔。野次馬の中にいた男だ。

「千之丞ですが、私に何か」

「つかぬことをお訊ねします。あなたは先日、矢先稲荷で殺しがあったとき、野次馬の中にいましたね」

一拍の間があって、

「それがどうかなさいましたか」

と、千之丞がきく。

「『夢家』を出て三蔵さんと別れたあと、浪人を見ませんでしたか」

「浪人……。いえ、見ていません。私は三蔵さんと別れたあと、矢先稲荷に行きましたからね」

千之丞は語気荒く言う。

「なんのために?」

「役作りの祈願ですよ。芝居がはじまるのでね。それで、鳥居を出たら騒いでいたので何かあったのかと見に行ったんです。私は何も見ちゃいませんよ」

千之丞はまくしたてるように言った。

「そうですか」

弥之助は落胆した。

「お侍さんはどうしてそんなことを調べているんですかえ」

「じつは、私もあの近くにいました。そのとき、知り合いの侍を見掛けたんです。そのお方が関わっていないか気になりましてね」

「………」

千之丞の顔色が変わったような気がした。それは一瞬だったので、気のせいかとも思った。

「失礼しました」

弥之助は店を出て、浜町堀のほうに向かった。途中振り返ると、千之丞があわてて顔を隠した。

気になりながら、弥之助は浜町堀を越えた。

第二章　役作り

一

入谷田圃から強い風が吹きつける。近くに武家屋敷や寺があり、田圃の彼方には吉原の遊廓も見える。

剣一郎は行商人らしき男が斬られた場所に立った。道端である。肩幅の広い大柄な男だった。手のひらに竹刀だこがあった。堅気の者ではないことは明らかだ。匕首を呑んでいたのかもしれないと、この周辺で匕首を探させていたが、未だに見つかっていない。

斬った侍が武士かどうか。あるいは武家屋敷に奉公している侍かわからないが、身許不明の堅気と思えない三人との関わりからすれば、一味の仲間割れかとも考えられ、ならば浪人という公算が大きい。

剣一郎は浪人だと考えてみた。

ここから久兵衛が殺された矢先稲荷までそれほど離れていない。その浪人がこの近辺に住んでいたのか、あるいは行商人の住まいがこっちにあったかであろう。

いずれも、そのことは確かめられていない。仮に、浪人がこの近辺に住んでいたとしても、今はもういまい。

ここに立ってはじめて見えてくるものがあった。久兵衛と行商人の男、さらに三カ月前に殺された男は仲間である。浪人が三人を襲ったと考えるより、三人のほうが浪人を狙ったと考えるべきだ。

久兵衛は何らかの理由から行方を探していた浪人を見つけてあとをつけた。が、矢先稲荷で気づかれた。

行商人の男は久兵衛が殺された場所から浪人の住まいが入谷付近だと推し量《はか》り、探し回っているうちに逆に襲撃を受けた。剣一郎はそう読んだ。

太陽が中天からだいぶ傾いていた。剣一郎はその場を離れ、寺町を抜けて浅草に向かった。

浪人はなぜ、浅草のほうから入谷に向かったのか。浅草には何をしに行ったのか。ふつうに考えれば仕事だ。

浪人が得られる仕事には何があるか。その前に、どこでその仕事を得たのであろうか。

剣一郎は新堀川にかかる菊屋橋を渡った。東本願寺《ひがしほんがんじ》前を通って田原町《たわらまち》にやって来た。

田原町に有名な『八幡屋《はちまんや》』という口入れ屋がある。武家奉公からどぶさらいの仕事までなんでも世話をするという店だ。

剣一郎は『八幡屋』の暖簾をくぐった。三人の店の者がいて、それぞれ客の相手をするようになっている。

帳場机の前に座っている主人ふうの男の前に立った。

「青柳さまで」

青痣与力と気づいていた主人は畏まった。

「職探しの浪人のことで訊ねたい」

二重顎《あご》の亭主は浪人は何人もやってきますと話し、

「ただ、半月前から来なくなったご浪人がおります」

「半月前?」

久兵衛が殺された頃からだ。

「はい。神村左近さまとおっしゃいます」

「名は？」

「神村左近か。年齢は？」

「三十そこそこでしょうか。細身の精悍《せいかん》な顔つきのお方でした」

「仕事はあったのか」

「はい。短い期間でしたが、幾つかお世話をさせていただきました。用心棒の類がほとんどでございましたが」

「いつから顔を出していたのだ？」

「三カ月ほど前です」

「三カ月前？」

柳原の土手で久兵衛の仲間と思える男が殺された頃だ。

「すまいはどこだ？」

「はい。下谷坂本町《さかもとちょう》二丁目の『小諸屋《こもろや》』という下駄屋の二階を間借りしているということでございます」

「下谷坂本町二丁目の『小諸屋』だな。ないと思うが、もし、その浪人がまた顔を出したら、知らせてもらいたい」

「はい。畏まりました」

剣一郎は口入れ屋を出た。

神村左近かと呟き、剣一郎は再び入谷に向かった。

矢先稲荷の前を通り、寺町を抜けて、下谷坂本町二丁目にやって来て、『小諸屋』という下駄屋を探した。

小商《こあきな》いの店が並ぶ町筋に『小諸屋』が見つかった。軒下に「貸間あり」と書かれた木札が下がっていた。

「ごめん」

剣一郎は笠をとって戸口に立った。

「へい、いらっしゃいまし」

薄暗い店の奥から小柄な年寄りが出てきた。

「あっ、あなたさまは……」

亭主は青痣与力だと気づいたようだ。

「ちょっと訊ねたい。ここに神村左近という浪人が間借りしていなかったか」

剣一郎は切り出した。

「神村さまですか。はい。半月ほど前まで、いらっしゃいました」

「なぜ、出て行ったのだ？」

「わかりません。突然のことでした」

「いつからここに？」

「三カ月ほど前からです」

「なぜ、ここに？」

「『貸間あり』の看板を見てお出でになりました。私どもは老妻とふたり暮らしなので、お侍さまがいらっしゃれば用心にもなると思い、お貸ししたのですが」

亭主は不安そうな顔になって、

「何かございましたか」

「いや。ある用があって、神村左近を探している。ここを出て、どこに行くか、口にしていなかったか」

「いえ、何も」

「神村左近を訪ねてきた者はいるか」

「いえ、おりません」

「神村左近はここにくる前、どこにいたか聞かなかったか」

「はい。口数の少ないお侍さまでした」

「間借りしているとき、何か変わったことはなかったか」

「いえ、特には」

「どこの国の出かも聞いたことはないか」

「はい」

亭主は即座に答えたが、

「待ってください。思いだしたことがございます。ここに間借りをした当初、ご亭主は小諸の出かときかれました。そうですと答えると、いいところだと仰《おっしゃ》いました。ひょっとしたら、信州《しんしゅう》の出ではないかと思いましたが」

「小諸の名を気にしたのだな」

「はい」

確かに信州の出かもしれないと思った。

「あとで八丁堀の同心がいろいろ話を聞きに来るかもしれないが、よろしく頼む」

剣一郎は頼んでから外に出た。

久兵衛を殺したのが神村左近かどうかわからない。三カ月前と半月前という殺しがあった時期が重なっているが、偶然かもしれない。

だが、神村左近のことは調べねばなるまいと考えた。剣一郎は背中に夕陽を浴びながら、再び浅草方面に戻った。

八丁堀の屋敷に帰ると、ちょうどるいが帰って来たのといっしょになった。

「どうであったな」

剣一郎はきいた。

きょうは梅見の宴で、及川辰右衛門の屋敷に招かれていたのだ。

「はい。楽しく過ごさせていただきました」

るいは笑みを浮かべた。

「それはよかった。たくさんの客が招かれたのか」

「いいえ」

「違うのか」

梅見の宴と称していたので、客も多いのではないかと思ったが、違ったようだ。

「客は辰之進さまのご友人ふたりと私だけでございました」

「るいだけ？」

「はい。及川さまご夫妻を交え、十人足らずの宴にございました」

及川辰右衛門夫妻がるいを品定めするために呼んだのかもしれない。

「辰之進どのとはお会いしたのだな」

「はい」

「どのような男だな」

「ご評判通りの誠実で、ご立派なお方でございました」

その言い方がどこか突き放しているように思えた。るいは、神田明神で会ったという若者のことが忘れられないのだろうかと気になった。

「るい」

剣一郎は間を置いてから、

「自分に正直な生き方をせよ。家のことなど考えずに、まず自分に素直であれ。よいな」

「はい」

るいは微笑んだ。

植村京之進と堀井伊之助が揃《そろ》ってやって来たのは夕餉が済んだあとだった。

「夜分、申し訳ございません」

京之進が恐縮する。

「役儀のことだ。遠慮はいらぬと申したはず」

「はっ」

ふたりは低頭した。

「では、きこうか」

剣一郎は促す。ふたりの冴《さ》えない表情から行き詰まっていることは察せられた。

「まず、私から」

伊之助が力なく切り出した。

「神田、下谷、本郷《ほんごう》、浅草辺りの剣術道場を当たりました。何人かの腕の立つ侍が見つかりましたが、いずれも事件とは関わりないことがわかりました」

「そうか。三人が斬られた場所から考えて、その場所であろうと思われたが……。さらに小石川、本所《ほんじょ》、深川辺りの道場も調べるのだ。おそらく、見つからないと思うが、そのことを確かめるだけでもしておいたほうがいい」

「はっ」

「念のために訊ねるが、当たった道場では道場主に会って聞いたのだな」

「はい。すべて道場主から剣客の話を聞きました。ただ、元鳥越町にある一刀流の仁村十右衛門道場では道場主の十右衛門どのが数年前から病床に臥《ふ》しており、師範代の本多三五郎及び、高弟の沖島文太郎の両名からききました」

「仁村さまは病床にあると？」

剣一郎は胸を突かれた。

「はい。特にこの一年は道場には出ていないようです。十右衛門どのをご存じでいらっしゃいますか」

「うむ。わしの剣術の師である真下治五郎《ましたじごろう》先生とご懇意になさっていたお方だ。そうか、病床にあられるのか」

真下治五郎は仁村十右衛門道場からそれほど離れていない鳥越神社の裏手で江戸柳生《やぎゅう》の道場を開いていたが、道場を伜に譲り、二十歳近くも歳若い女房といっしょに向島《むこうじま》に移って悠々自適《ゆうゆうじてき》に暮らしている。

十右衛門は治五郎より若いはずだがと、剣一郎は胸が塞《ふさ》がれる思いだった。

「次に、匕首の探索ですが」

剣一郎の感傷を追いやるように、伊之助が続けた。

「入谷周辺を探しましたが、これも見つかっておりません。申し訳ありません」

「いや。あのような物は誰かが偶然に見つけてくれるのを待つしかない。気にするな。これからだ」

剣一郎はなぐさめて、

「じつは、そのことで話したいことがあるが、京之進の話を聞いてからにしよう」

と、京之進に顔を向けた。

「はっ」

続いて、京之進が口を開いた。

「八州《はっしゅう》廻りの御代官手付どのに三人の人相を伝えましたが知らないとのことでした。また、関八州で跋扈《ばっこ》している盗賊たちが江戸に勢力を伸ばそうとする動きはないようです」

「やはり、他の領地からだな」

「手付どのも、そう仰っていました。おそらく、どこぞの大名の領地で巣くっている輩ではないかと」

「そうかもしれぬな」

その領地にて勢力を振るう一味で仲間割れが起き、ひとりが江戸に逃れた。そのあとを一味が追ってきたということであろう。

「そうだとすると」

剣一郎は自分の考えを述べたあとで、

「なぜ、そこまでして追い求めるのかわからないが、なんとしてでも見つけようとする執念を感じる。これからも、両者の闘いは続きそうだ」

と、気を重くした。

「他国での揉め事を江戸にて始末をつけようとするなんて」

京之進が憤慨する。

「殺された三人の仲間はさらに国元から駆けつけてくるやもしれぬ。これ以上の死者を出してはならぬ」

「はっ」

「まず、一味の正体を探らねばならぬ。久兵衛がどういう伝《つて》で阿部川町の住まいを手に入れたか、他のふたりがどこで寝泊まりをしていたのか」

「はい。そこを探ってみます」

「そこで、気になる浪人が見つかった」

剣一郎は口入れ屋から神村左近という浪人のことを聞き、下谷坂本町二丁目にある『小諸屋』を訪ねた話をした。

「神村左近は三カ月前から半月前まで間借りをしていた。久兵衛殺しが神村左近の仕業だとする証はないが、状況からして疑わしい」

「神村左近ですね」

京之進も伊之助も興奮を隠せないようだった。

「『小諸屋』の亭主の話では、左近は小諸を知っていたそうだ。地名として知っていたか、あるいはそのほうの出かはわからないが、いずれにしろ信州の大名家に仕えていた者かもしれぬ」

「信州の大名と言いますと、松代《まつしろ》藩、諸角《もろずみ》藩……」

伊之助が大名家の名を挙げた。

「まだ何の証もないうちにおのおの上屋敷に問い合わせても否定されるのがおちだろう。また、神村左近が実の名とは思えぬ。だが、久兵衛らは信州の人間と考えられる。このことを頭に入れておいてもらいたい」

「わかりました」

その後の打ち合わせをして、ふたりは引き上げた。

入れ代わるように、剣之助がやって来た。

「父上、よろしいですか」

「うむ。構わぬ」

「失礼します」

剣之助は部屋に入り、今まで京之進と伊之助が座っていた辺りに腰を下ろし、

「るいのことですが」

と、口にした。

「うむ」

「及川辰之進どのがるいにかなりご執心と伺いました」

「そうらしいな。そなたはどう思う?」

「辰之進どのですか」

剣之助は表情を曇らせた。

「どうした?」

「辰之進どののよからぬ噂《うわさ》を耳にしました。ただ、噂ですので、真偽のほどはわかりませんが……」

「どのような噂だ?」

剣一郎は気になった。

「屋敷に奉公した娘に手を出して身籠《みご》もらせたと」

「そんな噂があるのか」

「はい。ただ、この噂の出所が少し問題でして」

「問題とは？」

「やはり、るいに縁談を申し入れている旗本筋からでして」

「そうか。困ったものだ」

中傷して競争相手を蹴落《けお》とそうとしているのか。そんなことをすれば、中傷合戦になりかねない。

「それから、これは、及川さまだけでないようですが、しょせん不浄役人の娘と思っているとのこと」

剣之助は憤慨して言う。

「そう思っている連中は江戸の人々から頼りにされている奉行所の人間を妬《ねた》んでいるのだ。心の貧しい人間の言葉に惑わされることはない」

剣一郎は蔑《さげす》むように言ったあとで、

「しかし、るいは、辰之進どのは評判通りの誠実で立派な男だったと申していたが……。るいの本心ではないのだろうか」

「志乃が申すには」

と、剣之助は声をひそめ、

「るいには気にかかる方がいるのではないかと」

志乃は剣之助の嫁であり、るいとは実の姉妹のように仲がいい。

「気にかかる?」

先日の多恵の話を蘇《よみがえ》らせた。

るいは神田明神参詣の折り、凜々しい若侍と出会ったという。しかし、その若侍の名も知らぬのだ。それでも、忘れられないのだろうか。

「降るような縁談話に、るいは苦しんでいるのかもしれません」

「そうだの。その上、勝手に中傷合戦までやられてはたまったものではないかもしれぬな。るいが望む相手がいないのであれば、場合によっては、今ある縁談一切をすべて白紙に戻すよう努力しよう」

「はい。お願いいたします」

「それから、志乃に頼んで、るいの本心をきき出してもらいたい」

「わかりました」

るいが出会った若侍をなんとか探し出せないものかと、剣一郎は思った。

二

三月になった。

師範代の本多三五郎との型稽古を終え、弥之助が着替え終えたとき、胴着姿の三五郎が近づいてきた。

三五郎は四十近い、ひとのよさそうな顔をした男だ。

「なぜ、型稽古に集中しだしたのだ？」

三五郎が不思議そうにきいた。

左近がいなくなってから、三五郎の指導の下、弥之助は防具を身につけ、竹刀での打ち合いの稽古を主に励んできた。

だが、三蔵から芝居の型の話を聞き、何ごとも型稽古が大事なことに思い至ったのだ。

「はい。私はまだ型が出来上がっていないことに気づいたのです。もう一度、初心に返ろうと思いました」

「そう思ったわけでもあるのか」

「はい。じつは」

と、弥之助は役者だった三蔵の役作りの工夫について話した。

「芝居も剣術も型が大事なのだと気づかされました。前の師範代の神村左近さまがずっと型稽古をさせていた意味が今になってわかります」

「なるほど。確かに、その通りだ。型を身につけたものが、そこから型を破り、自分なりの工夫をして新たな型を編み出すのであろう。だが……。いや、やめよう」

三五郎は苦しげな表情をした。はじめて見る表情に、弥之助は驚いた。三五郎はどんな生き方をしてきたひとなのだろうと、改めて気になった。

「そういえば、先日」

と、三五郎が思い出したように口を開いた。

「八丁堀の同心が我が道場にやって来た」

「えっ、同心が？　なんのためでしょうか？」

弥之助はふと心が騒いだ。

「半月ほど前にひとが斬られた。斬った相手はかなりの腕だというので、道場をしらみ潰しにして、凄腕の侍を探しているということだ」

「………」

「同心に応対したのはわしと沖島文太郎だ」

「では、神村さまの名は？」

「いや、出さない。わしは神村どののことを知らぬのでな。文太郎も言おうとしなかった。ただ、神村どのは相当な腕の持主であるらしいな」

三五郎は顔をしかめ、

「文太郎はあえて神村どのの名を出さなかったような気がしてならない」

「それは三カ月前に辞めて、今は道場の人間ではないので、考えになかったのではありませんか」

「いや、そうではない」

三五郎は厳しい顔で首を振った。

「じつは、同心はこう言ったのだ。三カ月ほど前に、同じ相手に斬られたと思える殺しが柳原の土手であったと」

「三カ月前にも？」

「うむ。神村どのがその頃、突然、道場を辞めたのだ。ちょっと気になったが、文太郎はひと言も言わなかった」

やはり、神村左近だ。左近に間違いないと思った。そのことを文太郎も気づいている。

だから、かばったのだ。

「八丁堀の同心が探している男が神村どのかはわからぬが、いったい、神村左近とはどのような人物であったのだろうな。一度、会ってみたかった」

三五郎はふと暗い表情になって呟いた。

遅くやってきた保二郎の稽古が終わるまで待って、弥之助はいっしょに道場を出た。非役の小普請組だから時間は十分にあった。

「さっき、本多さまから聞いたが、凄腕の剣客を探して、八丁堀の同心が道場にやって来たそうだ」

「凄腕の剣客？」

「久兵衛を斬った侍は相当な腕の持主だそうだ」

「では、神村さまのことを？」

「いや、同心に応対したのは本多さまと沖島さんだが、沖島さんは何も言わなかったそうだ」

「沖島さんは俺たちにも神村さまのことは言うなと口止めしていたからな」

保二郎も沖島が神村をかばっていることは知っていた。

「同心は素直に引き下がったのか」

「まさか、三カ月前に辞めた師範代がいたなんて想像していなかったからだろう」

弥之助はさらに声をひそめ、

「噂で聞いたんだが、矢先稲荷で久兵衛が殺された数日後、同じ手口で行商人が殺されたらしい。知っていたか」

「いや、知らない。それも、同じ侍の仕業なのか」

保二郎が驚いてきく。

「そうらしい。それだけじゃない。三カ月前にも柳原の土手でひとが斬られていたんだ」

「ばかな。神村さまがそんなにひとを斬るなんて」

保二郎が憤然となったが、

「そうだ。久兵衛だって、神村さまが斬ったとは限らないんだ。神村さまだという証はないんだ」

と、我に返って言う。

「そうだが……。でも、あのとき、神村さまが俺たちの前を歩いていた。矢先稲荷のほうに向かっていたんだ」

弥之助は神村左近の疑いを拭えなかった。

「そのあとで、別の侍が通りかかったんだ。きっと、そうだ」

保二郎は自分自身にも言い聞かせるように言った。

「そうかもしれない。そうだといいんだが」

弥之助は一縷《いちる》の望みを持とうとした。

「もう、こんな話はやめだ」

保二郎が急に表情を変え、

「さっき道場に行く前に、神田明神に行ってきた」

と、言い出した。

「神田明神?」

弥之助はどきっとした。

「例の娘のことだ」

保二郎は真顔で、

「水茶屋できいたところ、数日前にあの娘がやって来たらしい」

「まさか」

「いや、顔つきを聞いたら、同じ女子《おなご》だ。しばらく、水茶屋で休んでいたそうだ。境内を気にしていたというから、向こうも弥之助を探しているのかもしれぬ」

「そんなことがあるはずない」

弥之助は胸が締めつけられた。俺を探しているとは思えないが、ぜひ、もう一度会いたいと願った。

「でも、どうしてそこまで?」

弥之助は訝《いぶか》ってきいた。

「おまえが恋煩いにかかっているからだ」

「恋煩いだって?」

弥之助はむきになって言い返す。

「そうだ。あの娘を忘れようと、神村さまのことにのめり込んでいるのではないのか。だが、それでも忘れられない」

「ばかなことを言うな」

弥之助はうろたえて言う。

「図星らしいな」

「違う」

「素直になれ。何とかして探してみよう。願えばなんとかなる」

保二郎に心の底を言い当てられた。神村左近を探そうとしているのは、ほんとうは気を紛らわせたいからだ。

「どうだ、芝居町に行ってみないか」

保二郎が誘う。

「芝居町？」

「別に芝居を見るわけではない。もしかしたら、向こうが芝居見物にやって来るかもしれぬではないか」

「そんなこと、あるまい」

「わからぬ。だめでもともとだ。きょうから葺屋町《ふきやちょう》の市村座で『仮名手本忠臣蔵』がかかってかなりの盛況らしい。ひょっとしたらひょっとする」

保二郎は返事も聞かずに歩きはじめていた。

浜町堀を渡り人形町《にんぎようちよう》通りにさしかかったころには着飾った女の姿が多くなった。葺屋町と堺町一帯の芝居町に着くと、華やかな活気に満ちていた。

市村座の向かいには中村座《なかむら》があり、大芝居の櫓《やぐら》を上げている。並びには芝居茶屋もあって賑やかだ。さらには古浄瑠璃《こじようるり》の薩摩座《さつま》、操り人形の結城座《ゆうき》もある。

市村座の前に役者の幟《のぼり》がはためき、掲げられている絵看板の中で、弥之助は早野勘平《はやのかんぺい》とおかるの絵、そして傘を差して黒の着流しを尻端折《しりつぱしよ》りした浪人であり盗賊の斧定九郎の絵に注意がいった。

三蔵から聞いた五段目・六段目の場面だ。この段で、おかるの父親役で市山千之丞が出ているのだ。

小屋の前はひとであふれ返っていた。若い女もたくさんいる。こんな人ごみの中で、ひとりの娘を探すなどとは至難の業だ。

ひとに押されながら、保二郎も閉口したように、

「こんな人出だとは思わなかった」

と、こぼした。

「ともかく、ここを離れよう」

弥之助たちはひとの群れから逃れた。

「すごい人気だな」

保二郎は驚いて言う。

「うむ。俺もこんなだとは思わなかった」

芝居茶屋の前に駕籠《かご》が止まり、裕福そうな男女が茶屋に迎え入れられた。そこから芝居小屋の桟敷席《さじきせき》に案内され、芝居見物のあとは茶屋で酒を呑むのだろう。

ふつうの庶民は木戸口から入り、平土間での見物だ。

ようやく芝居町から抜け出て、

「俺の見通しが甘かった。まさか、こんなに人出があるとはな」

保二郎が落胆して言う。

「あの娘は芝居を見るだろうか」

弥之助は娘のことを考えた。

「さあな。まあ、いつまでもここにいても仕方ない。引き上げよう」

「うむ」

斧定九郎の絵看板を振り返りながら、弥之助は市村座を後にした。

夕方に、下谷七軒町《しちけんちょう》にある屋敷に帰った。

出入りの魚屋の友助《ともすけ》という男が来ていて、父と母と話していた。

「ただ今、帰りました」

弥之助は父と母に挨拶をする。

「弥之助さま、お帰りなさいまし」

友助は愛想笑いを浮かべる。その愛想笑いの意味を、弥之助は感じ取った。また、縁談を持ち込んできたのだ。

この友助はあちこちの屋敷に出入りをしていて、とにかく顔が広い。そこで、縁談の世話をするようになった。

「弥之助。ここへ」

父が呼び止めた。病弱な父は冬場は寝込むことが多かったが、春になって起きられるようになっていた。

弥之助は父の近くに座った。

「じつは、友助がそなたに縁談を持ってきた」

「父上。私は御番入りを果たすまでは嫁をもらわないと……」

「うむ。わかっておる。だが、組頭さまは必ずお役に就けるように取り計らうと仰ってくださっているそうだ」

父は二《に》の丸広敷添番《まるひろしきそえばん》のとき、病に倒れ、小普請組に入れられた。有能だった父は丈夫だったらさらに出世をしていたに違いない。そんな父に同情している人間は多い。組頭もそのひとりだ。

「もう嫁のことを考えても早すぎることはあるまい」

「いえ、私はまだ……」

「弥之助さま」

友助が口を入れた。

「先方は持参金を五十両出すと仰っておいでです。それほど、弥之助さまを買っておられるのです。今どき、そこまで出そうとするところはそうありません」

「持参金目当てで嫁をもらうのではありません」

弥之助はたしなめるように言い返す。

「そうは仰いましても、どちらさまもそのお金が大事でございます」

友助は口許を皮肉そうに歪めた。

「弥之助」

父は気弱そうな目を向け、

「先方はそなたを知っているそうだ。先方の名は……」

「父上」

弥之助は制した。

「もうしばらくお待ちください。御番入りが叶ったならば、真剣に考えますゆえ、どうかそれまで」

弥之助は母にも顔を向けた。

母は穏やかな目で頷いた。

「弥之助」

父は諭すように口を開いた。

「そなたは才知に長《た》けている。小普請組のままで終わるような男ではない、いずれきっと大きく羽ばたくであろうと周囲の者も言ってくれている。わしもそう思う。先方はそなたの才能に期待をしているのだ。だから、非役でもかまわないと、縁組を申し入れてきたのだ」

「………」

私はそれほどの人間ではありませんと言おうとしたが、声にならなかった。

「仕方ない」

父はため息をもらし、

「友助。しばし、猶予《ゆうよ》をもらいたい」

と、頼んだ。

「わかりました。先方には、御番入りが叶った暁《あかつき》にご返事をいたしますとお伝えしておきましょう。では、失礼いたします」

友助は頭を下げて立ち上がった。

「私も失礼します」

弥之助も自分の部屋に引き上げようとした。

「弥之助。誰か好きな女子でもおるのか」

父がいきなり言った。

「どうしてですか」

動揺を隠して、弥之助は言う。

「いや、なんでもない」

父は言ったあとで、

「わしが病弱なばかりにそなたにも苦労をかける」

と、目尻に涙をためた。

「何をおっしゃいますか。父上の子であるからこそ、皆様が私に期待を寄せてくださるのではありませんか」

「うむ。そう、思ってくれるか」

最近、父はますます涙もろくなっていた。

自分の部屋に戻って、弥之助は胸を痛めた。友助の持ってきた縁談を受けて、父や母を安心させてやったほうがいいのかもしれない。五十両の持参金があれば、我が家も少しは助かる。

そう思うのだが、神田明神で出会った娘への思いが矢のように胸に突き刺さったまま抜けないのだ。

もう一度でいい、会いたい。弥之助は激しい思いに胸を焦がした。

三

翌日、剣一郎は元鳥越町にある一刀流の仁村十右衛門道場の門を入り、道場のほうではなく、家族用の入口に立った。

「お願いいたします」

剣一郎は土間に入り、奥に向かって声をかけた。

すぐに女中らしい小肥りの女が出てきた。

「青柳剣一郎と申す。仁村先生のお見舞いにあがりました。お目にかかれるかどうか、お取り次ぎを願いたい」

剣一郎は女中に言う。

「はい、少々、お待ちください」

女中は奥に引っ込み、代わって初老の女が出てきた。十右衛門の妻女だ。

「ご無沙汰《ぶさた》いたしております」

「これは青柳さま」

妻女は懐かしそうに笑みを浮かべ、

「さあ、どうぞお上がりください」

と、勧めた。

「仁村さまにお目にかかれますか」

「はい。喜びましょう」

「では」

剣一郎は妻女のあとに従う。

「どこがお悪いので?」

「心ノ臓が弱っておりました。最近ではほとんど横になっております」

「そうですか」

途中、道場の入口を通る。門弟たちが型稽古をしていた。

十右衛門が寝ている部屋に通された。

「失礼いたします」

付き添いの男が十右衛門の体を起こした。親戚の若い者らしい。

「青柳どの」

十右衛門が痩《や》せた顔を向け、懸命に口を開いた。

「仁村さま。ご無沙汰しております」

「久しぶりだのう」

声に力はないが、言葉ははっきりしている。

「はい。十年振りになりましょうか」

剣一郎は思いだして言う。

「先日、聞き込みのためにお邪魔した八丁堀の者から仁村さまのことをお聞きし、驚きました」

「去年の春、急に胸が苦しくなってな。幸い手当てが早く、最悪の事態は免《まぬか》れた。だが、歳のせいか、だんだん起き上がるのも億劫《おっくう》になってきてな」

「何をおっしゃいますか。まだ、老け込むには早すぎます」

十右衛門は真下治五郎と数歳しか違わないから五十近いはずだ。病床にあるせいか、老けたという印象が強い。

「真下どのはいかがしておる？」

「はい。向島で御達者に過ごされております」

「そうか。伜の代になり、わしもとんと真下道場とは疎遠になった」

十右衛門はふと厳しい顔になった。

「そうでございましたか」

何か問題でもあったのではないかと思ったが、剣一郎はそこまで踏み込むことをためらった。

「青柳どのの噂はよく耳にした。立派なものだ」

「とんでもありません」

「剣之助どのはいかがしておる？」

「はい。今、奉行所に見習い与力として勤めております」

「嫁はもらわれたか」

「はい」

「そうか。それはよかった。妹のるいどのはいかがか」

「はい。いま、いろいろ縁談が舞い込んできております」

「そうだろうな。美しく聡明な女子であった。そうだ。もし、るいどのにお相手がいなければ、わしはぜひにと勧めたい若者がいるのだが」

「それはそれは」

「我が門弟だ。もし、部屋住みであったなら、わしは養子にして道場を継がせたいと思ったほどの男」

「仁村さまがそこまで買っておられるのなら、かなりな若者でございましょうな」

「さよう。二十二歳だが、剣も見事な腕前で、頭もいい。何ごとにも一途でな。なにより、心根のやさしいのが一番。だから、皆に好かれる。それに、なかなかの美男だ。必ず一廉《ひとかど》の人物になる。きっと青柳どのも気にいる。いちど、引き合わせたい」

だが、るいは神田明神で会ったという若い侍のことが忘れられないらしい。

剣一郎はひとのことばかり気を配る十右衛門に恐縮して話を十右衛門のことに

戻そうとして、

「今、養子にして道場を継がせたいと仰ってましたが、十兵衛《じゅうべえ》どのは？」

と、十右衛門の息子のことを訊ねた。

「じつは十兵衛は縁あって、さる大名家に仕官した」

「そうでございましたか」

「出稽古のお屋敷まで通っているうちに、殿様に気に入られてな。殿様のお傍に仕えておる」

「では、この道場は？」

「うむ。跡を継ぐものはない。去年、偶然に出会った侍がおってな。わしが倒れたあと、その者に代稽古を任せた。わしはこの男と見込んだのだが、急に辞めてしまってな」

「そうでございましたか」

「この道場を門弟ごと譲って欲しいと言う者もいる。いずれ、どうするか、はっきりさせねばならぬのだが」

十右衛門が苦しそうになってきたので、

「そろそろ、私は……」

挨拶をして立ち上がろうとしたとき、

「青柳どの」

と、十右衛門が呼び止めた。

「先日、八丁堀の同心が聞き込みに来たということであったが、どのような用件でござったのか」

「じつは三カ月ほど前にひとり、半月ほど前にふたりの人間が斬られて死にました。その斬り口からかなりの腕の持主と考え、道場に聞き込みをかけていた次第にございます」

「三カ月前……」

「はい。おそらくそれだけの腕であれば道場で代稽古を務められ……」

剣一郎は十右衛門の体が一瞬震えたので、

「どうかなさいましたか」

と、心配した。

「なんでもない」

そう言って、十右衛門は横になった。その顔は強張っていた。

何か知っている。剣一郎はそう考えたが、十右衛門は話そうとしないと思われた。

「では、どうか、お大事に」

「うむ。お会いできてうれしかった」

十右衛門は弱々しい声を出した。

剣一郎はいったん道場の門を出た。そして、門弟が出て来るのを待つつもりで、稽古風景を見ることが出来る武者窓に向かう。

数人が見物していた。職人体の若い男や商人ふうの男がいる。

剣一郎は背後に立って道場を見た。師範代らしい者を相手に型稽古に励む若い侍がいる。凜々しい若者だ。

ひょっとしたら、十右衛門が話していた若者かもしれないと思った。

「また、型稽古が多くなったな」

横にいた商人ふうの男がそばにいた男に話しかけた。

「まあ、何ごとも型が大事だからな」

「だが、決まりきったことで面白くもなんともありませんな」

剣一郎はその商人に声をかけた。

「以前からこの道場を見ているのか」

「はい。ときたま通りかかるもので、暇《ひま》つぶしに見てます」

編笠をかぶったままなのと、商人は道場のほうを気にしているので、青痣与力とは気づいていないようだ。

「誰か、知り合いの門弟でもいるのか」

「いえ、おりません。でも、いつも見ていると、門弟の顔は覚えます」

「最近、見かけなくなった門弟はいるか」

「おります」

商人は即座に答えた。

「誰だ？」

「師範代ですよ」

「師範代？」

「三カ月前に師範代が代わりました」

「三カ月前？」

「そうでさ。あれから前の師範代は見てません」

「そういえば、見かけないな」

と、職人体の男が応じた。

「名前はわかるか」

「ええ。知ってます。神村左近です」

「なに、神村左近？」

剣一郎は思わず聞き違えたのかと思った。

「どんな感じだった？」

「そうですね。三十過ぎの細身で、精悍な顔をしていました」

間違いない。口入れ屋に現われた浪人だ。

堀井伊之助は神村左近のことをきき逃している。いや、相手があえて話さなかったのに違いない。

門弟からききだそうとしたが、闇雲《やみくも》には声をかけられないと用心した。神村左近の息のかかった門弟がいるかもしれない。おそらく、伊之助に応対した門弟もそのひとりではないか。

剣一郎はいったん仁村道場から離れた。

奉行所に戻って、剣一郎は宇野清左衛門に面会を求めた。

見習い与力が返事を持ってきて、剣一郎は年番与力部屋に行った。

「宇野さま。お時間をいただいて申し訳ございません」

剣一郎は詫びた。

「何の。して、頼みとは？」

「じつは神村左近は信州のいずこの藩の出のように思えます。信州にある松本《まつもと》、飯田《いいだ》、松代などの大名家の領地にて何かあったのではないかと思われるのです。仮に、何かあったとしても口にしないと思いますが、江戸屋敷にて重役のお方から話を聞けば何か手掛かりが得られるかもしれません」

「うむ、わかった。江戸屋敷の家老に会う段取りをつけよう」

「ただ、江戸表の人間では国元のことはわからないかもしれません。出来たら、国元の事情をよく知る人物にお会い出来れば……」

「わかった。留守居役にお頼みしておこう」

「はっ」

大名家では、家中の者が町中でなんらかの不祥事に巻き込まれたときに備え、奉行所にも付け届けをしている。付け届けは留守居役の役目である。何かことがあれば、留守居役は与力にまで付け届けをする。

したがって、大名家と奉行所は留守居役を介して関わりがある。

「では、よろしくお願いいたします」

剣一郎は年番与力部屋から戻ると、見習い与力が京之進と伊之助が奉行所に戻ってきたと告げた。

剣一郎はふたりを与力部屋に呼んだ。

「失礼いたします」

ふたりが剣一郎のそばに腰を下ろした。

「ご苦労」

ふたりをねぎらってから、

「元鳥越町にある仁村道場だが」

伊之助は訝しそうに、

「何か」

と、答えた。

「三カ月前に、前の師範代が辞めている」

「えっ？」

伊之助は身を乗り出し、

「そのような話はありませんでした」

と、驚いたように言う。

「その師範代が神村左近だ」

「なんと」

「神村左近は三カ月前に突然道場を辞めた。道場主の十右衛門どのにも理由はわからない。その後、左近は下谷坂本町二丁目で間借りをはじめ、田原町にある口入れ屋で仕事を求めて暮らしてきた。そう考えられる」

「はい」

伊之助は固唾《かたず》を呑んで答える。

「仁村道場の沖島文太郎は神村左近に肩入れをしているのかもしれない。だから、伊之助の聞き込みでもほんとうのことを言わなかったのではないか」

「師範代の本多三五郎はほとんど答えませんでした。三カ月前に入ったのだから、何も知らないので答えようもなかったのですね。だから、返事を沖島にすべて任せた。その沖島は神村左近の味方だった」

「そういうことだ」

「三カ月前に突然、左近が道場を辞めた理由は、柳原の土手で殺された男と関わりがあるということですね」

京之進が口をはさむ。

「そうであろう。おそらく、左近は何らかの理由で一味から逃げてきた。その左近を追って三人の男がやってきた。そのひとりが仁村道場の武者窓から左近を発見したのではないか。そのことに気づいた左近が柳原の土手まで男を追って殺した。しかし、仁村道場にいては危険だと察し、急遽《きゆうきよ》、道場を辞めたのだ」

剣一郎はこの考えにほぼ間違いないと思った。

「沖島文太郎が神村左近の行方を知っているかもしれませんね」

「文太郎を問い詰めても話すまい。見張りをつけるのだ」

「わかりました」

伊之助は応じる。

「ただ、前から言っているように、神村左近が三人を殺したという証はない。しかし、疑いは極めて深いことも間違いない。伊之助は、沖島文太郎を見張り、神村左近の居場所を突き止めるのだ」

「はっ」

「京之進は殺された三人の身許を調べるのだ。ただ、注意しなければならないのは、三人以外に仲間が江戸に集まっているかもしれないことだ」

「三人の仲間は、神村左近を殺そうとしている。三人は先遣であり、左近の居場所を探る役目だけの人間だろう。これから、左近を殺すために腕の立つ者が押し寄せてくると思われる。警戒を強めるのだ」

「はい」

「わかりました」

ふたりが去ったあと、剣一郎は十右衛門の話を思いだした。

「去年、偶然に出会った侍がおってな。わしが倒れたあと、その者に代稽古を任せた。わしはこの男と見込んだのだが、急に辞めてしまってな」

名こそ出していないが、十右衛門が見込んだ男が神村左近であることに間違いない。十右衛門は左近を信用していたようだ。

神村左近はいかなる人物か。剣一郎は単なる剣客ではないような気もしてきた。

その夜、八丁堀の屋敷に帰ると、雛《ひな》飾りの前に、るいや志乃が座っていた。

きょうは三月三日の上巳《じょうし》の祝いである。雛壇には、雛人形とともに、菱餅《ひしもち》、霰《あられ》、白酒などが供えられている。

その部屋を覗《のぞ》いてから、剣一郎は自分の部屋に向かった。

「昼間、及川辰之進さまが遊びにいらっしゃいました」

多恵がそっと知らせた。

「きょうは非番だそうで、上巳の祝いにと頂き物をしました」

「まだ、縁組が整ったわけではないが」

剣一郎は困惑した。

「はい。るいも困ったような顔をしておりました」

「約束をしてはいなかったのだな」

「はい」

「乗物でか」

「はい。お供を連れて」

「辰之進どのはどのような男であったな」

「なかなかのご立派なお方のように見受けられました。ただ、少し尊大なところが気になりました」

「であろうな。約束など関係なく、自分は受け入れられる、なにやっても許されると考えているならちと困る」

「はい。たぶんに、そのようなところも見受けられました。それから」

多恵は言いよどんだ。

「なんだ？」

「はい。やはり、こちらを蔑むようなところがあるようです」

家督を継げば、殿様と呼ばれる身だ。奉行所与力とは家格が断然違うからそういう態度になることは無理からぬことだとは思うが……。

「ただ、るいにはだいぶ熱を上げているようだな」

「はい。それはもうかなりのものでございます。でも、それは今だからでしょう」

「うむ。自分のものになれば、それまでという男は世の中にたくさんおるからな」

「はい」

「わかった。いずれにしろ、早めに返事をしたほうがいいようだな。このままでは、縁組が整ったかのように振る舞われてしまう。もちろん、るいが望む相手なら、何も問題はないのだが」

「私には、るいにその気がないように思えます。ただ、お断わりしたら、おまえさまにどんな仕打ちをしてくるか、そのことを心配しているのかもしれません」

「おそらく、己の父親がいかに力があるかを、るいに吹き込んでいるのかもしれぬな。そんなこと、気にするなと、るいにはよく言い聞かせてくれ」

「はい」

十右衛門が言っていた若侍がどんな人物なのか、剣一郎は気になっていた。

四

翌朝、弥之助が道場に行くと、母屋の女中が近づいてきた。

「師匠がお呼びでございます」

「師匠が？」

なんだろうと、弥之助は思った。

師匠が自分のことを高く買ってくれて、剣を通じて親しくしている幕府の要職にあるひとたちに売り込んでくれているらしい。そこまで思ってくれる師匠に感謝しつつも、期待に応えられるかどうか、不安も大きかった。

師匠によくしてもらっていることもあるが、弥之助も師匠に献身的に尽くしてきた。そのことは他の門弟も知っているので、弥之助が師匠に呼ばれても誰も奇異には感じないようだ。

道場から廊下を伝って母屋の師匠が臥せっている部屋に行った。

「弥之助にございます」

「入りなさい」

聞き取れないほどの弱々しい声だ。

「失礼します」

弥之助は障子を開けて部屋に入った。

師匠は女中の手を借りて半身を起こした。

「お加減はいかがでしょうか」

「うむ。それほど悪くない」

師匠は痩せた顔を向けた。元気な頃と比べ、半分になったようだ。

女中が出て行ってから、

「きのう、わしの知り合いの南町奉行所与力の青柳剣一郎どのが見舞いに来てくれた。知っておろう、青痣与力の名は？」

「はい。南町にそのひとありと謳《うた》われた与力でございます。我らの耳にも、その活躍振りは飛び込んで参ります。先日市中でお見かけしましたが、先生のお知り合いでございましたか。ぜひ、一度、お目にかかりたいと思っておりました」

そんな尊敬すべき青痣与力に会う機会が目の前にあったと思うと、弥之助は残念に思った。

「いつか引き合わせよう」

「はい。ぜひ」

弥之助は意気込んで言う。

「話はそのことではない」

師匠は厳しい顔になって、

「八丁堀の同心がここにやってきたそうだな」

「そのようでございます」

「応対したのは誰だか知っているか」

「はい。本多さまと沖島さんだそうです」

弥之助は胸騒ぎを覚えた。

「三カ月ほど前にひとり、半月ほど前にふたりの人間が斬られて死んだ。その斬り口からかなりの腕の持主と考え、道場に聞き込みをかけていたと、青柳どのは言っていた」

「………」

「青柳どのが探している侍は神村左近ではないのか」

師匠は苦しそうな顔をした。

「どうなのだ?」

「はい。神村さまだと思われます」

「そうか」

師匠は大きなため息を漏らした。

「本多三五郎はともかく、沖島文太郎は同心がやって来たわけをわしに言おうとしなかった。文太郎にきいても正直に答えまいと思い、そなたに訊ねたのだ」

「沖島さんは、神村さまをかばったのだと思います」

「神村左近は追われている身であったのか。三人も殺しているのはただごとではない」

「はい。でも、ほんとうに神村さまの仕業だという証はありません。ただ、かなりの腕の立つ剣客ということから神村さまではないかと……」

「それだけではあるまい。三カ月前に殺しがあり、同じ時期に左近が辞めて行ったのだ。それは偶然だと思うか」

「…………」

偶然ではない。久兵衛が殺されたときも付近に左近がいたのだ。だが、黙っていても、いずれ師匠の耳に入ることだと思い、

「じつは、半月ほど前、私と保二郎は浅草の矢先稲荷の近くで偶然に神村さまをお見かけしました。そのあとで、矢先稲荷の隣の雑木林の中で殺しがあったのです。ただ、このときも神村さまが斬ったという証はありません」

「それだけの条件が重なれば、疑いは大きい」

師匠は気落ちしたように言ってから、

「聞き込みに来た同心に、沖島文太郎が左近の名を出さなかったのは左近をかばったからか」

「はい。矢先稲荷の件も、沖島さんから黙っているように言われました」

「そうか」

師匠は苦しそうな息で、

「弥之助。折りを見て、青柳どのに神村左近のことを話しに行ってもらいたい。左近がほんとうにひとを殺したかどうかわからないにせよ、このままでは左近は

救われない。青柳どのに、すべてをお話ししたほうがいいかもしれぬ」

「はい」

「いつ、知らせに行くかは、そのほうの判断に任せる。頼んだ」

「畏まりました」

弥之助は道場に戻った。


稽古を終えて、保二郎といっしょに道場を出た。

「師匠の話は何だった?」

保二郎が待ちかねたようにきいた。

「青痣与力が師匠のお見舞いに来たそうだ」

「なに、青痣与力が?」

保二郎は声を高め、

「師匠は青痣与力とお付き合いがあったのか」

「久し振りの再会だったらしい。話はそのことではない。師匠は、青痣与力から先日、同心がやって来た理由を聞いて、驚いて俺を呼んだんだ」

弥之助はその様子を話した。

「そうか。師匠も神村さまのことに気づいたか」

保二郎は唇を歪めた。

「沖島さんは神村さまのことをかばって同心には言わなかったが、師匠は青痣与力にすがったほうがいいというお考えだった」

「そうか」

「そう言えば、きょう道場に沖島さんの姿がなかったな」

弥之助は思いだしてきいた。

「そうだったな」

保二郎は気のない返事をして、

「弥之助。これから付き合え」

と、誘った。

「『夢家』か」

「違う。まあ、いいから付き合え」

保二郎は強引に弥之助を引っ張り、三味線堀《しゃみせんぼり》から御徒町《おかちまち》を抜けた。

「いったい、どこに行くんだ？」

「神田明神だ」

「俺はあの娘も弥之助を探しているような気がしてならないんだ」

「神田明神？」

「そんなことがあるはずない」

「いや。あとで思いだしてみたんだが、あのとき、そなたとぶつかりそうになったあと、娘の目に恥じらいのようなものがあった」

「いい加減なことを言うな」

そこまで見ているはずないと弥之助が言うと、保二郎は澄《す》ました顔で、

「あのような女は弥之助のような男に惚《ほ》れるものだ。だから、向こうも必ず探している」

どうも強引だ。弥之助は、自分のためにいろいろやってくれていることはわかるが、この件で保二郎がここまで熱心になるのが妙な気がした。

明神下から神田明神へとやって来た。

鳥居をくぐって拝殿に向かう。相変わらず参詣客が多い。弥之助は知らず知らずのうちに、あの娘を探す目になっていた。

武家の娘ふうの女がいたのではっとしたが、人違いだった。しばらく、拝殿の横に佇《たたず》んでから、

「あの水茶屋に、あのときの娘が訪れたんだ」

と言い、保二郎はずんずんそこに向かった。

弥之助はあわてて追い付く。

丸太組に葦簾《よしず》張りの水茶屋に縁台が幾つも並んでいた。何人かの男が縁台に座っている。保二郎はさっさと空いている縁台に座った。派手な前掛けをかけ、黒塗下駄に素足の娘が近づいてきた。

鼻筋の通った美しい顔の娘だ。

「甘酒を頼む。ふたつだ」

「はい」

弥之助の考えをきかず、勝手に頼んだ。

にっこり微笑んで、娘は釜のほうに向かった。その後ろ姿をにやつきながら保二郎は見ていた。

「なるほど、そういうわけだったか」

弥之助は苦笑した。

「何が？」

「とぼけるな。俺は出しで、狙いはあの娘か」

「いや。そうじゃない」

保二郎はあわてて否定する。

「この前の茶汲み女はどうしたんだ？」

「辞めたらしい。代わりに、あの娘が働くようになった」

「そうか。じつは前の女はあまり感心しなかった。かなり男に狎れているようだった」

「はい。お待ち遠さまです」

娘が甘酒の湯呑みを運んできた。

「すまない」

保二郎は目尻を下げた。

「どうぞ、ごゆるりと」

娘が去っていく背中を、また締まりのない顔で保二郎は見送る。

「あの娘ならいい。俺が骨を折ろう」

弥之助は取り持ち役を買って出た。

「よせ、いい。まだ、そんなんじゃない」

保二郎はあわてて抑える。

「へえ、案外と保二郎は奥手なんだな」

弥之助は苦笑した。

「ちょっと静かにしてくれ」

保二郎は娘の姿を目で追っている。

弥之助は甘酒を口に含んだ。そのとき、背後から話し声が聞こえてきた。

「今月の市村座、面白いですよ」

「演《だ》し物は『仮名手本忠臣蔵』でしたな」

「そう、中でも五段目・六段目がいい」

「やっぱり、中村歳蔵《としぞう》の斧定九郎ですか」

「ああ、定九郎はいいが、案外と面白かったのは千之丞の与市兵衛だ」

「与市兵衛は端役でしょう」

「ところが千之丞が今回は工夫をした」

「工夫を？」

弥之助はさりげなく振り返る。宗匠頭巾《そうしょうずきん》をかぶった男と羽織を着た恰幅《かっぷく》のいい男が芝居談義に夢中になっている。

弥之助は顔を戻しても、耳はそばだてた。幸い、保二郎の注意は茶汲み女のほうに向いている。

「定九郎に刃を突き付けられたときの芝居が真に迫っていた。今までは、定九郎にしか目がいかなかったが、今回は違いました。与市兵衛が斬られる場面はほんとうに斬られたのではないかと思いましたよ」

「あなたは、端役の役者さんにも目を配るお方ですからね」

「いや、それを割り引いても、真に迫ってました。娘を売った半金の五十両を持って山崎街道を帰っていく姿は平凡で、とり立てて言うべきことはないが、殺されるときの芝居はいい」

「おい。弥之助」

保二郎が腕を引っ張った。

「なんだ？」

はっとして、弥之助はきき返す。

「なんだではない。さっきから呼んでいるのに」

「それはすまなかった」

「例の娘のことを考えていたのか」

「いや、そうではないが……」

後ろのふたりの話は芝居から俳句の話に変わっていた。宗匠頭巾の男は俳諧師なのかもしれない。

「で、なんだ？」

弥之助は改めてきいた。

「別に改まってきかれても困る」

保二郎は顔をしかめた。

「あの女のことか」

察して、弥之助はきく。

「いや、もういい」

「そんなこと言うな。力になる。保二郎が言えないことを俺が代わりに言ってやろう」

「そうじゃない。さっき入って来た若い男。一番奥に座った男だ」

弥之助はそのほうに目を向けた。若旦那ふうの男がひとりで来ていた。

「あの男がどうかしたのか」

「この前も来ていた」

「この前も？　そうか。恋敵《こいがたき》か」

「あっ」

保二郎が短く叫んだ。

保二郎が気に入っている茶汲み女がその男のところに向かったのだ。男が声をかけている。女は顔を近づけ何か囁《ささや》いた。

「親しそうだな」

弥之助は呟く。

「そうか」

保二郎は気落ちして言う。

「でも、まだわからない」

「もう、いい。引き上げよう」

保二郎は立ち上がって、大きくため息をついた。

別の女に金を払って外に出た。

茶汲み女と若い男はまだ話している。それを見て、

「おい、これから浅草だ」

と、保二郎が自棄糞《やけくそ》のように言った。

「『夢家』か」

「そうだ、付き合え」

保二郎は怒ったように鳥居に向かった。

『夢家』に着いたときには辺りは薄暗くなっていた。

暖簾をくぐって土間に入ると、おこうが出て来た。保二郎の機嫌はすっかり直っていて、茶汲み女のことなどなかったかのようにおこうに軽口を叩いていた。

保二郎に続いて二階に上がろうとしたとき、戸口に人影が差して気になり立ち止まった。三蔵だった。

「おい、どうした？」

上から、保二郎が呼ぶ。

弥之助はそのまま梯子段を上がって部屋に入ったが、腰を下ろす前に、

「すまない。ちょっと階下で用を足してくる。先にやっていてくれ」

と断わり、弥之助は梯子段を降りた。

三蔵は小上がりの座敷に座っていた。

「三蔵さん」

弥之助は声をかけ、

「ちょっといいですか」

と断わり、三蔵の前に腰を下ろした。

「なんだい、お侍さん。まだ、何か俺に？」

三蔵は気がない声できいた。

「ちょっとお話がしたくて」

酒が運ばれてきた。三蔵が手酌で酒を呑みはじめた。

「今月の芝居、評判を聞いていますか」

「評判ですかえ。いえ」

「小耳に挟んだのですが、千之丞さんの与市兵衛が定九郎に殺される芝居が真に迫っているそうです」

「………」

「千之丞さんはどんな工夫をしたのかと思いましてね。三蔵さんに役作りのことで相談してそんなに間がないのに新たな工夫を考えたということですね」

「誰が、そんなことを言ってました？」

「神田明神境内の水茶屋の客です。俳諧師のような宗匠頭巾の男と羽織を着た恰幅のいい男です」

「俳諧師のような宗匠頭巾……。そうですか」

「心当たりが？」

「もしかしたら、戯作者《げさくしゃ》かもしれません。黄表紙や洒落本《しゃれぼん》の作者ですよ。羽織を着た恰幅のいい男は版元の人間でしょう。そのひとたちの目は本物です」

「じゃあ、やはり、千之丞さんは役の工夫が出来たんでしょうか」

「そうでしょうね」

「千之丞さんは型を身につけていたのでしょうか」

弥之助はあくまでも型にこだわった。

型が身についてこそ、新たな工夫が出来る。まず型を覚えることだと、三蔵は千之丞に諭したはずだ。

もし、そうだとしたら、型が身についていなくとも芸の工夫は出来ることになる。そのことを言うと、

「型が万全というわけではありませんぜ」

と、三蔵は返した。

「たしかに、殺される芝居以外は平凡だそうです。どうして、殺されるところだけ真に迫る芝居が出来たのでしょうか」

「さあね」

「三蔵さん。いっしょに芝居を見ていただけませんか」

「…………」

三蔵が不思議そうな顔をした。

「木戸銭は持ちます。いっしょに付き合っていただけませんか」

「お侍さんは何か考えがあるんですね」

三蔵は呆れたように笑ったが、すぐに厳しい表情に変わった。

五

朝からどんよりとした雨模様の空の下、剣一郎は再び元鳥越町の仁村十右衛門道場に足を向けた。

神村左近の行方は未だにわからない。左近を追っているものの、三人殺しに左近が関わっている証はなく、常に間違った方向に捜索が向かっているのではないかという不安は拭えない。

確かに、左近が怪しいと疑うにたる点は幾つもある。最初の殺しのあった三カ月ほど前に突然道場を辞めて行ったこと、半月ほど前の殺しのあと、また行方を晦《くら》ましたことなどだ。

しかし、なぜ左近が三人を殺さねばならないのか、そのわけがわからない。物盗りだとしたら、もっと金のありそうな人間を狙えばいい。だが、殺された三人はそれほど金を持っているような様子ではなかった。

また、三人の素性もわからないことから、左近は三人に追われているのではないかと考えた。が、それも根拠があってのことではない。それに追われている身であるなら、なぜ元鳥越町の道場を辞めたあと下谷坂本町に住まいを求めたのか。どうして、もっと遠くに離れようとしなかったのか。

わからないことだらけだが、今の手掛かりは左近しかない。とにもかくにも左近を探すしかないのだ。

道場に着き、女中に十右衛門が病臥している部屋に案内してもらった。

剣一郎が部屋に入ると、十右衛門はやはりふとんの上に体を起こしていた。

「仁村さま。また押しかけて申し訳ございません。きょうお伺いしましたのは……」

「いや。用件はわかっている」

十右衛門は剣一郎の挨拶を制し、

「神村左近のことだな」

と、口にした。

「恐れ入ります」

剣一郎は平伏する。

「見込んだ男が突然道場を辞めたと仰いましたね。三カ月ほど前に辞めたという、神村左近のことですね。その後、左近は移り住んだ下谷坂本町付近で二件の殺しがあったあと、またも姿を消しております。何らかの関わりがあるのではと思い、行方を探しています」

「うむ」

「仁村さま。神村左近と知り合ったきっかけはなんだったのでしょうか」

「一年前、わしが倒れたあと、代稽古の出来る人間を求めていたところ、口入れ屋を通して道場にやってきた。面談をすると、一刀流を身につけていると言った。面構えや腰の据《す》わり具合などからかなりの腕前に感じられた。それで、どのように教えるのだときいたら、型稽古を中心に行ないますと答えた」

「型稽古ですか」

「そうだ。左近は武者窓から門弟の稽古風景を見物していたが、型が出来ていないものが多い、また、型を覚えていても、十分に身についていないから目先を変えられるとついていけない、もっと型を覚えるべきだと言った。わしは、その言葉を聞いて本物だと思い、さっそく来てもらった。わしの目に狂いはなかったと喜んでいたのだが……」

「神村左近の素性はお聞きになりましたか」

「いや。御容赦《ごようしゃ》くださいと頭を下げられた」

「そうですか。どこの藩の浪人かおわかりにはなりませぬか」

「ほとんど語らなかったが、雪国の出であろう。去年の十一月ごろだったか、江戸に雪がちらついたことがあった。そのとき、江戸の雪は儚《はかな》いものですと、左近が呟いていたのを聞いた」

「江戸の雪は儚い、ですか」

「どこかの雪と比べていたのだろう」

やはり、信州のいずこかの藩だという考えは間違っていないと思った。

「その他に、何か、気がつかれたことはございませんか」

「妻子がいたのではないかと思える」

「妻子ですか」

「うむ。孫にあげようと思って買っておいたでんでん太鼓をたまたま目にした左近は寂しそうな目をしていた。そのとき、子どもがいたのではないかと思った」

「妻子と離縁しているのでしょうか」

「おそらくな」

三人もの男を斬った剣客の違った一面に剣一郎は戸惑いを覚えた。

「沖島どのからお話をお伺いしたいのですが、構いませんか」

「遠慮はいらぬ」

剣一郎は辞去してから道場のほうにまわり、入口にいた門弟に沖島文太郎を呼んでもらうように言った。

稽古を終えてから、玄関で待っている剣一郎のところに稽古着姿の二十七、八歳の侍がやってきた。

「沖島どのか」

「はい」

文太郎が緊張した顔で答える。

「南町の青柳剣一郎である」

「はい」

緊張しているのか、はいと言ったあとで、生唾を呑み込んだ。

「神村左近どののことについて訊ねたい」

剣一郎が切り出すと、

「私は何も知りません」

と、震えを帯びた声で答えた。

「何もとは？」

「………」

「一年近く道場でいっしょだったのではないか」

「はい」

「ならば、少しは何かを知っていよう」

「ただ稽古をつけていただいただけですので」

いったい何を警戒しているのか。

「そなたは武者窓から神村左近の様子を窺《うかが》っていた男に気づいていたようだな」

剣一郎は鎌をかけた。

文太郎は息を呑んだ。

「そのことを、左近に教えたのか」

「いえ」

「その男が柳原の土手で殺されたのを知っているな」

「私は……」

文太郎はしどろもどろになった。

「沖島文太郎」

剣一郎は強い口調になった。

「そなたは、八丁堀の同心の問いに、辞めて行った神村左近のことを話さなかった。隠したと思われてもしかたない」

「そこまで気がまわらなかったのです」

「同心は三カ月ほど前に辞めて行った人間はいないかと訊ねたはずだが？」

「…………」

「まあ、よい」

剣一郎は追及を緩め、

「神村左近が、今どこにいるか知らないか」

「ほんとうに、知りません」

「心当たりもないか」

「ありません」

「神村左近がここを辞めたあと下谷坂本町に住んでいたことを知っているな」

「いえ。知りません」

「左近は田原町の口入れ屋から仕事をもらって暮らしていた。田原町から矢先稲荷の前を通り、下谷坂本町に帰っていた。このことを知っていたのではないか」

剣一郎は当て推量を言ったのだが、文太郎の表情は強張り、目が泳いだ。だが、文太郎はとぼけた。

「知りません」

「そうか。わかった」

これ以上、きいても無駄だと思った。

仁村道場から、剣一郎は浅草阿部川町にまわった。雨は降りそうでいて何とか保っている。が、辺りは昼間なのに薄暗い。

阿部川町の久兵衛の家にやって来ると、大八車《だいはちぐるま》が荷を運んで来ていた。どうやら、半月経って、新しい住人が入るようだった。

岡っ引きの忠治が久兵衛のことを調べているが、まだ何も手掛かりは摑《つか》めていない。剣一郎は忠治を探した。

その忠治と、田原町の自身番で会った。

「青柳さま」

忠治は腰を折って挨拶をする。

「どうだ？」

「やはり、久兵衛は謎の男です。骨董屋も表向きだけで、商売らしきものはしていません。ただ、出入りをしていた男のひとりが入谷田圃で殺された男に間違いないようです。隣家のかみさんが見かけた男と人相は似ています」

「久兵衛は『夢家』という呑み屋の常連だったそうだが、どうして『夢家』を知ったのだろうな」

「誰かから聞いたんじゃないんですか」

「しかし、久兵衛はあまりひとと交わらないようだった」

「そうですね」

「通いだしたのは二カ月前からだったな」

「そうです」

「ちょっと確かめたいことがある」

「『夢家』にですかえ」

「そうだ」

「あっしもごいっしょします」

忠治は自身番を出て、菊屋橋を渡り、新堀川沿いに進んだ。

矢先稲荷の裏手に、いかがわしい呑み屋が並んでいて、昼間から店を開いていた。

「客の求めに応じて、春をひさぐ女がいるので、吉原でも目を光らせているんです。でも、吉原より面白いって噂ですよ」

道々、忠治が苦笑して話す。

『夢家』にやって来た。

「まあ、青柳さま」

おこうという女が出て来た。まだ、客は少ない。

「ちょっと訊ねたいことがある」

剣一郎は白粉を塗ったおこうの顔を見る。昼間見ると、かなり小じわが目立った。

「なんでございましょう」

「ここに沖島文太郎という侍が来ていなかったか」

「沖島さんならいらっしゃってますよ」

おこうはあっさり答えた。

「では、沖島文太郎と久兵衛は顔を合わせていたか」

「いえ、いっしょになったことはありませんけど」

おこうは不思議そうな顔をした。

「沖島文太郎はいつごろからここに来ているのだ?」

「もう一年前からですよ」

「いつもひとりか」

「お連れがいらっしゃるときもありますが、たいていひとりですねえ」

「その沖島文太郎は遊んで行くのか」

忠治が口をはさんだ。

「遊ぶって何ですね」

「とぼけなくていい。二階に上がって、楽しむってことだ」

「ええ、まあ」

「久兵衛はどうだったんだ？」

「あのひとはお酒を呑むだけ。あんまり、女には関心なかったみたい」

「わかった。邪魔したな」

「青柳の旦那」

　おこうが呼び止めた。

「下手人はまだ見つからないんですかえ」

「うむ。残念ながらまだだ」

「早く捕まえてくださいな。物騒だと、お客さんが寄りつかなくなってしまいますよ」

「うむ。早く、捕まえよう」

　剣一郎と忠治が戸口に向かうと、入って来た男がいた。三十半ばの渋《しぶ》い感じの男だ。

「おう、三蔵ではないか」

「親分さん」

　三蔵は軽く会釈をする。

「きょうは商売は休みか」

「こんな天気じゃ商売もあがったりです」

剣一郎が先に外に出ると、忠治もすぐに出て来て、

「今のは三蔵といって、以前は大芝居の役者だったんですが、座頭を殴って放逐《ほうちく》されたんです」

「役者か。そんな雰囲気はあるな」

「太平記読みをして日銭を稼いでいますが、本人は役者に戻りたいんでしょう。けど、なかなか許しちゃもらえないようです」

忠治は無駄話に気づいたようにあわてて口を閉ざした。

「久兵衛の骨董屋は体裁だけで商売はしていなかった。それなのに、『夢家』に行く金は持っていた」

剣一郎は疑問を口にする。

「そうですねえ」

「もともと金を持っていたか、あるいは仲間が届けてくれたのか」

剣一郎は久兵衛の背後にいる仲間の大きさに思いを巡《めぐ》らせ、

「殺された三人の後ろにはかなり強力な後ろ盾がいたとみたほうがいい。江戸に何の伝もない人間ではなかった。だから、旅籠や貸家などではない、もっとちゃ

んとした、たとえば表向きはふつうに商売をしているようなところに匿《かくま》われていたのかもしれぬ」

「へえ」

「探索する狙いを変えたほうがいいかもしれぬ。大きく店を構えていながら、何をしているのかわからない商家、あるいは大勢が出入りをしても怪しまれぬ家などだ」

「なるほど。わかりやした。そういった方面を探してみます」

「頼んだ」

忠治と別れ、剣一郎は新堀川の川筋を蔵前《くらまえ》のほうに向かった。

『夢家』に行ってはっきりしたことがある。

沖島文太郎は一年前から通っていた。三カ月ほど前から神村左近が矢先稲荷の前を行き来していた。そして、久兵衛が『夢家』に通いだしたのは二カ月前。

ここから何かが透けて見えてくる。冷たいものが顔に当たった。降り出してきそうだ。剣一郎は足早になった。

第三章　仲間割れ

一

翌日、剣一郎は薬研堀《やげんぼり》の元柳橋《もとやなぎばし》の袂にある料理屋『笠松《かさまつ》』の門をくぐった。きのうの雨は明け方には止んでいて、明るい陽射しが眩《まぶ》しい。

女将の案内で、二階の座敷に行く。すでに、相手は来ていた。ふたりだ。ひとりは浅間《あさま》藩有沢《ありさわ》家三万石の江戸留守居役大葉繁太郎《おおばしげたろう》、そしてもうひとりは三十半ばと思える鋭い顔つきの男だ。

「遅くなりました。南町奉行所与力の青柳剣一郎でございます」

剣一郎は挨拶をする。

「そのような堅苦しい挨拶は抜きにしようではありませぬか。さあ、どうぞ、どうぞ」

大葉繁太郎は剣一郎より少し年上だ。有沢家の上屋敷は浜町にある。

信州に領地を持つ大名家の留守居役への取り次ぎを宇野清左衛門に頼んだが、その中でまず浅間藩有沢家と会うことにした。

剣一郎が信州に領地のある大名の中から浅間藩有沢家に目をつけたのは小諸藩の隣国であることだ。

神村左近は下谷坂本町二丁目の『小諸屋』の二階に間借りをしたとき、亭主に小諸の出かときいている。

懐かしく思えたのであれば、もっと小諸のことをきいたのではないか。たとえば、生まれは城下か村かとか。

だが、やりとりはそれだけだったらしい。つまり、左近にとっては小諸は地名以外馴染《なじ》みがなかったのではないか。

ただ、仁村十右衛門の前で、雪のことを呟いていたという。

そういったことから、浅間藩に目をつけたのだが、もちろん確信があってのことではない。

したがって、このあとも、他の信州の大名家の留守居役とも面会する手筈《てはず》を清左衛門に整えてもらっていた。

江戸留守居役は各大名家の留守居役と交わり、自分の御家に不利なことがないようにいろいろ探りを入れたり、根回しをしたりする役目であり、奉行所への付け届けもその一環だ。

しかし、江戸留守居役では国元の詳しい事情はわからないはずだ。そこで、国元から出て来ている者をご同道願いたいと申し入れしていたのだ。

「青柳どの。この者は国表から参りました横尾佐武郎《よこおさぶろう》と申します」

肩幅の広い、引き締まった顔立ちの侍だ。

「横尾佐武郎でございます」

佐武郎は軽く会釈をした。眼光が鋭い。

「青柳剣一郎でござる」

剣一郎も挨拶をしてから、

「横尾どのは、殿様のお供で江戸に？」

と、きいた。

「いえ、我が殿丹後守常貞《たんごのかみつねさだ》は国表におります。来月、江戸に参ります。拙者は先遣として一足先に参りました」

「先遣ですか」

「はい。前回の江戸暮らしの折り、殿にはいくつか不満をもたれました。そのことの対処のために遣わされたのです」

「青柳どの」

大葉繁太郎がにこやかに笑いながら、

「お話は酒を呑みながらにいたしましょう」

と、手を叩いて女将を呼ぼうとした。

「お待ちください」

制したのは、横尾佐武郎だった。

「その前に、青柳どののお話をお伺いすべきかと存じます」

「そんなに堅苦しく考えずともよいではないか」

繁太郎はいやな顔をする。

「いえ。酔っての話は無責任になりまする。ぜひ、先に青柳どのの話をお聞きしたい」

「うむ」

何か言いたそうだったが、繁太郎は口を閉ざした。

「お話しいたしましょう」

剣一郎も異存はなかった。繁太郎は呑むことばかりを考えているようだ。

「じつは三カ月ほど前から半月ほど前にかけて、三人の江戸者ではない男が斬り殺されました。確たる証はありませんが、斬ったのは神村左近という浪人と思われます」

剣一郎は話しはじめる。

「神村左近は一年ほど前より、元鳥越町にある剣術道場にて師範代を務めておりましたが、三カ月前に突然、道場を辞めていずこかに姿を消しました。この頃、柳原の土手にて男が斬られました……」

佐武郎は黙って聞いている。

「左近は何者かから逃げているようです。道場にいるのを見つかり、追手を殺して逃げた。だが、半月前に新たな追手に見つかり、これを斬ってさらに逃亡を続けております」

剣一郎は繁太郎と佐武郎の顔を交互に見て、

「この神村左近は元鳥越町にある剣術道場を辞めたあと下谷坂本町二丁目の『小諸屋』という下駄屋の二階に間借りをしました。このとき、亭主に小諸の出かときいたそうです。左近は小諸を知っている。そっちのほうの出ではないかと思われたのです」

「なるほど」

佐武郎は頷き、

「今のお話を聞いて合点が行きました」

と、微《かす》かに口許に笑みを浮かべた。

「神村左近なる男は我が領地の人間か」

繁太郎が憤然ときいた。

「いえ。そうではありません」

佐武郎は否定し、

「おそらく実の名ではなかろうと思いますが、神村左近なる者には心当たりはございません。ただ、ここで思いつく盗賊一味の噂を聞いたことがございます」

「盗賊一味ですか」

「はい。信濃《しなの》の国を中心に荒らし回っている信州山岳《さんがく》党という盗賊です」

「信州山岳党ですか」

「はい。神出鬼没で、山の中を根城にしているようです。何年か前に、我が浅間藩の豪商が襲われました。信州山岳党には浪人もかなり入っているようですが、全容はまったく摑めていません」

「信州全域を荒らし回っているのですね」

剣一郎は目を瞠《みは》ってきいた。

「そうです。その都度、狙う領国を変えています。また、同じ領国で盗みを働くのは数年に一度ですから、その藩でも真剣に探索をしようとはしません」

「そういえば、誰からも信州山岳党の話を聞いたことがある。そうだ、松代藩の留守居役の者だ」

繁太郎は思いだして言う。

「神村左近は信州山岳党の一味ということが考えられます。何らかの理由により、一味から抜けて江戸に出た。だが、仲間が裏切り者として追っている」

「なるほど」

剣一郎はいちおうの理屈が通っていると思った。

「信州山岳党の一味のことはまったく謎に包まれているのですね」

「そうです。頭領が誰で、手下が何人いるかもまったくわかりません。ただ、山の中に隠れ家があるらしい。それだけでございます」

「信州山岳党のことは、信州の他の大名家にも知れ渡っているのでしょうか」

「知っているはずです」

佐武郎ははっきり答えた。

「それだけの一味のことなら幕閣にも知らせがあるかもしれませんね」

それにしては、奉行所に知らせがないことを剣一郎は疑問に思った。

「信州全土あるいはその近辺を合わせればかなりの被害になりましょうが、ひとつの藩で被害に遭うのは年に一度か二年に一度。幕閣に助けを求めるほどではないとの考えだったと思われます」

「なるほど」

「ただ、一年前から信州山岳党の動きがぴたっと止まっているのです」

「動きがないのですか」

「そうです。神村左近が一味を抜けたために山岳党は動けなくなったのかもしれないと、青柳さまのお話をお伺いして、そう考えました」

「やはり、信州山岳党の仲間割れの公算が強いと？」

「証がないので、はっきりとは申し上げられませんが、そう考えると話の辻褄《つじつま》が合うような気がいたします」

「信州山岳党について手掛かりは何もないのですか」

「はい。頭領なる者が優れているのか、一味は統率がとれ、無駄な動きはまったくないようです」

「押し入った先でひと殺しは?」

「いたしません。千両箱を幾つも盗んで行くだけです。皆、黒装束に身を包み、頭領以下数名は天狗《てんぐ》の面を、手下は烏《からす》天狗の面をかぶっているということでした」

「人数はどのくらいですか」

「二十名ぐらいです。旅芸人に紛れたり、行脚《あんぎゃ》僧になりすましたりして街道を移動し、盗みを働いているようです」

果たして、仲間割れだけで、山岳党は盗みを止めたのだろうか。他に目的があってのことではないのか。

「話はすんだか」

ふたりが押し黙ったので、繁太郎が口をはさんだ。

「私からお話しすることは以上です」

「では、そろそろ酒にいたそう」

繁太郎は待ちかねたように言った。

しかし、剣一郎は信州山岳党が一年前に動きを止めているわけを懸命に考えており、のんびり酒を呑んでいる気分ではなかった。

翌日、出仕した剣一郎は宇野清左衛門と会った。

「信州山岳党だと？」

横尾佐武郎から聞いた話をすると、清左衛門は首を横に振った。

「お奉行からそのようなことを聞いていないが、長谷川《はせがわ》どのに確かめてみよう」

見習い与力に、内与力長谷川四郎兵衛《しろべえ》の都合をききにやると、こっちに来てくれという返事だった。

四郎兵衛はお奉行のもともとの家来であり、懐刀でもある。お奉行の威《い》を借りて、かなり傲岸《ごうがん》な男だ。だが、奉行所の役務をこなすには清左衛門の力を借りなければならないので、清左衛門にだけは一歩引いている。

それでも、清左衛門を呼びつける。

「出向くとするか」

清左衛門はおもむろに立ち上がった。

剣一郎と清左衛門が内与力部屋の隣にある小部屋で待っていると、四郎兵衛がやってきた。

「ふたり揃って何ごとであるか」

四郎兵衛は剣一郎と清左衛門の顔を交互に見た。

「長谷川どのはお奉行から、信州山岳党の話を聞いたことはござらぬか」

清左衛門が切り出した。

「信州山岳党？ はて」

四郎兵衛は首を傾げたが、

「うむ。確か、だいぶ前にお奉行がそのようなことを話していたことがある。信州で跋扈していた盗賊だな」

「では、幕閣でも問題に？」

「いや、問題というほどのことではない。老中が話の種に口にしただけだ。というのも、この一年、鳴りを潜めている。各大名の自衛策が功を奏したのではないかという話だ」

「信州山岳党は今は鳴りを潜めているのですか」

清左衛門は驚いて言う。

「そうだ。だから、幕閣でも大きく取りあげなかったのであろう。お奉行もわしに何かのついでに話をしただけだ」

一年前から動きがないことも耳に入っていたようだ。

「信州山岳党という盗賊が荒らし回っていたのは間違いなかったのですね」

剣一郎は確かめた。

「そうだ」

四郎兵衛は答えてから、

「それがどうかしたのか」

と、気にした。

「例の江戸者ではない三人が凄腕の剣客に斬られた事件ですが、ひょっとしたら信州山岳党の一味ではなかったかという疑いが出てまいりました」

「信州山岳党の一味だと？」

「まだ、そうだとはっきりしたわけではありません。ただ、殺された三人も堅気の者とは思えず、仲間割れではないかと」

剣一郎はこれまでの経緯を四郎兵衛に話してきかせ、

「三人を斬ったのは神村左近という浪人ではないかと思われています。おそらく、左近は一味から逃亡を図り、江戸に出た。江戸では元鳥越町の仁村十右衛門道場で師範代をしていました。しかし、三カ月前についに追手に見つかり、相手を倒してまた逃亡。しばらく下谷坂本町に住んでいましたが、半月前にまた新たな追手に見つかり、これも倒した……」

「ほんとうに信州山岳党の一味か」

「その証はなにもありません」

剣一郎が答えると、

「だが、殺された三人の素性が割れないというのは不思議でござる。信州山岳党と考えれば素直に受け入れられる」

清左衛門が自分自身にも言い聞かせるように言う。

「確かに、長谷川さまの仰るように、信州山岳党一味だと決めつけることはできません。また、三人を殺したのが神村左近という証もありません。残念ながら、今はまったく霧《きり》の中で迷っているのと同じでございます」

剣一郎は正直に口にし、

「しかし、手掛かりらしきものは、今のところ信州山岳党しかありません。その証はありませんが、そうではないという証もないのであれば、まず信州山岳党を調べるしかありません」

「どうやって調べるのだ？　信州山岳党のことを何も知らないのだろう」

四郎兵衛は蔑むように口許を歪めた。

「信州の各大名家の町奉行所では当然、信州山岳党の探索をしているはずです。お奉行から老中にお願いをし、その探索でわかったことをすべて知らせていただけるようにしてくださいませぬか」

「これまでずっと逃げ果《おお》せている一味のことをどこまで摑んでおるだろうか」

四郎兵衛は疑問を口にする。

「しかし、まったく何もわからなかったというわけではありますまい。何か摑んだものがあるはず。仮に、役に立たなくても知らせていただければ……」

各国元の奉行所の同心が江戸にやってきて、いっしょに探索をしてくれるのが一番だが、そのようなことは出来まい。

だとしたら、わかっていることだけでも知らせてもらえたらと、剣一郎は藁《わら》にもすがる思いだった。

「長谷川どの。信州の各藩で捕まえることが出来なかったのを江戸で捕まえることが出来たならば、お奉行にとってもかなりの名誉になりましょう」

清左衛門はお奉行の手柄に話を持っていった。案の定、四郎兵衛の気持ちが動いた。

「わかった。お奉行に話しておこう」

「お願いいたします」

剣一郎は立ち上がった四郎兵衛に頭を下げた。


その日の昼過ぎから、剣一郎は小諸藩、松代藩、飯田藩などの留守居役と国元から出府している侍に立て続けに会った。

やはり、信州山岳党については同じように悩まされていたことを語った。だが、ある国侍は、信州山岳党は壊滅されたのではないかと言った。

それはその後の動きがなかったからそう思ったようだ。

そこで、信州山岳党についてある噂があったという。一味は信州の地形を熟知しており、山野を自由にかけまわっていることから、戸隠《とがくし》の修験者《しゅげんじゃ》の中のはみ出し者が徒党を組んで盗賊になったのではないかという。

だが、あくまでも噂だけで、信州山岳党の実態は誰もわからなかった。

こうして話を聞いてわかったことは、信州山岳党は一年前から動きをやめていること。このことから山岳党の中で仲間割れがあって自滅したのではないか。その残党が今回江戸で争っているのではないか。そう考える者が多かった。

剣一郎はもはや信州山岳党のことを無視出来ないと思い、その夜、八丁堀の屋敷に植村京之進と堀井伊之助を呼び、そのことを話した。

「信州山岳党ですか」

京之進は無気味そうに言う。

「戸隠の修験者の中のはみ出し者が徒党を組んだという噂もあったそうだが、少なくとも殺された三人は修験者とは思えない。これはあくまでも勝手な憶測に過ぎまい」

剣一郎は否定する。

「信州山岳党のことは無視出来ないが、殺された三人及び神村左近が信州山岳党と関わりがあるという証は何もないのだ。したがって、信州山岳党絡みと決めつけることもためらわれる」

剣一郎は苦しい胸の内を吐露《とろ》した。

「さらに言えば、久兵衛殺しが神村左近の仕業かもはっきりしない。殺された三人の斬り口から同じ人間の仕業であることは間違いないだろう。だが、我らは左近の腕前とて知らないのだ。師範代を務めていたことは間違いないが、それだけではどれほどの腕前かわからぬ。もし、左近の仕業でないとなれば、我らはとんでもない迷路に分け入ってしまったことになる」

「もし、殺された三人が信州山岳党なるものの一味だとしたら、江戸に仲間は少ないはず。久兵衛を除いたふたりはいったいどこに寝泊まりをしていたのでしょうか」

「匿う人間がいたとしか思えぬ。一年前、信州山岳党が動きをやめたあと、一部の人間が江戸に出たのかもしれない」

「まさか」

京之進が顔色を変えた。

「信州山岳党は江戸に乗り出そうとしているのでは……」

「なるほど。一年前に動きをやめたのは江戸に拠点を移すため」

伊之助が応じた。

「青柳さま。信州山岳党はこれから江戸で暴れるかもしれません」

京之進は声を震わせた。

「わからぬ。いったい、何が起こっているのか。神村左近はいったい何者なのか」

剣一郎はかつてないほどの手詰まりを感じ取り、思わず唸《うな》り声を発していた。

二

市村座は満員だった。左手の桟敷席には武家の娘が座っていたが、弥之助が探している女ではなかった。

もともと人気狂言であり、平土間の升席《ますせき》もいっぱいだ。弥之助と三蔵は一番後ろの立ち見席で他の客と体をくっつけながら舞台を見る。

弥之助は三蔵を誘い、五段目の山崎街道の場だけを見るために小屋に入った。

幕が開いた。

夜の山崎街道をおかるの父親の与市兵衛が歩いている。おかるが祇園《ぎおん》の一文字屋に身を売って作った百両のうちの五十両を受け取った帰りだ。

「そうじゃねえ」

三蔵が小声で呟いた。千之丞の芝居にだめだしをしている。

与市兵衛が休みをとろうと腰を下ろしたところに、盗賊にまで落ちぶれた斧定九郎が登場する。

詰まらない役だったのを中村仲蔵が扮装を工夫して圧倒的な存在感のある役に

変えたのだ。

なるほど、これが定九郎かと弥之助は微かに武者震いがした。単なる盗賊ではない。魅力的な盗賊だ。

千之丞は中村仲蔵に倣《なら》い、与市兵衛に定九郎のような存在感を出そうとして工夫したのだ。だが、これまでのところは素人目《しろうとめ》にも千之丞の芝居は平凡に思えた。

いよいよ、定九郎が与市兵衛に刀を突き付けた。与市兵衛は立ちすくんだ。大仰に騒ぐのではなく、声が出せず、まるで恐怖から小便を漏らしたような格好をした。

客席もしんとしている。

「千之丞……」

三蔵が呟いた。

「ばかな」

三蔵はひとをかき分けて小屋を出て行く。弥之助はあわててあとを追った。人ごみから逃れ、人形町通りを突っ切ってから、弥之助は呼び止めた。

「三蔵さん、どうしたのですか」

「あれは芝居じゃねえ」

三蔵が吐き捨てるように言う。

「どうして、そう思うのですか」

「定九郎が現われる前から怯《おび》えていた」

「でも、五十両を持って夜道を歩いているのです。用心しているのでは？」

「与市兵衛は一服しようとしたのだ。安心していたのだ。にも拘《かか》わらず、千之丞の与市兵衛に怯えが垣間見えた。あれは与市兵衛が怯えているんじゃねえ。千之丞が怯えているんだ」

「では、やっぱり……」

千之丞は殺しの瞬間を見たのだと、弥之助は確信した。

「でも、千之丞さんはあの殺され方が評判になっているじゃありませんか。名が上がるのではありませんか」

「違う」

三蔵は言下に言う。

「身についてない芝居はいつか化けの皮がはがれる」

「化けの皮？」

「そうでさ。殺しを見たときの恐怖は時の経過とともにだんだん薄らいでいく。そのとき、今のような芝居は出来ない。身についていないからです。だが、そのときの恐怖心がなくなるわけではない。今度は、ふとしたときにそれが蘇るようになるかもしれねえ。別の役をやったときにですよ。そんときは、その恐怖心が障《さわ》りになると思いますぜ」

三蔵はいまいましげに、

「奴に言ったんだ。工夫をするより、型を身につけろと。それで失敗している俺が言うんだから間違いないと口を酸《す》っぱくして言ったのに」

「千之丞さんは三蔵さんの言うことがよくわかったんじゃないですか。でも、殺しを見てしまった。その恐怖心が出て、思わぬ芝居になった。そういうことではありませんか」

「確かに、無意識のうちの芝居でしょう。でも、あの芝居は素人を騙《だま》せても、玄《くろ》人《うと》はごまかせねえ。このままじゃ、百害あって一利なしだ」

「どうしたらいいんですか」

「奴の問題です」

浜町堀にやって来た。

「三蔵さんから見たことを正直に話すように説き伏せては……」

「俺の言うことなど聞くものですか」

「私に任せてもらっていいですか」

弥之助は頼んだ。

「俺には関わりはねえ。俺と奴とは赤の他人だ」

三蔵は突き放すように言う。

弥之助は、自分が話しても聞き入れてくれるとは思わないが、なんとか千之丞に会ってみようと思った。

「引き返します」

弥之助は言った。

「千之丞に会うんですかえ」

「はい。きょうはもう千之丞さんの出番はありませんよね」

「ないはずです。でも、楽屋に行っても無駄です。大勢が出入りをしているところでまともな話など出来ませんぜ」

「千之丞さんはこのあとどうするんでしょうか」

「たぶん、女のところでしょうよ」

「『千之丞』という呑み屋ですね。わかりました。あとで行ってみます」

弥之助は三蔵と別れ、夜になってから元浜町にある『千之丞』という呑み屋に行った。

暖簾をかきわけて店に入ると、小上がりの座敷で、千之丞が取り巻きの旦那らしい男ふたりと酒を呑んでいた。

顔を向けた千之丞は弥之助を見て怪訝《けげん》そうな顔をした。

「お侍さんはどなたですね」

取り巻きらしいひとりがきいた。

「先日、お邪魔した高岡弥之助と申します。あとで、少しお話がしたいのですが」

とたんに、千之丞は渋い顔をした。

「こっちで待っています」

弥之助は縁台に向かい、

「すみません。千之丞さんとお話をしたらすぐ引き上げますので」

と、女将に断わって腰を下ろした。

「これで、千之丞ここにありと、みんなに知らしめたのですから、ほんとうにうまく行きましたぜ」

「これで、次からはもっといい役がまわって来るんじゃありませんかえ」

「帳元が、千之丞はいい役者になったと褒めてましたぜ」

取り巻きらしい男が千之丞をしきりに讃《たた》えている。

「今回ほど、客の視線が俺に集まってくるのを感じたことはない」

千之丞はそう言いながら、弥之助のほうを気にした。

三蔵が語った話をしてあげることが千之丞のためであり、また、殺しを見たのならはっきり話したほうがいい。千之丞が見たのが神村左近であっても……。

千之丞が立ち上がって、弥之助の前に来た。不機嫌そうな顔で、

「なんの用なんですね」

と、口許を歪めた。

「きょうの舞台、三蔵さんといっしょに見させていただきました」

「三蔵……」

千之丞は異臭を嗅《か》いだような顔をする。

「一度、三蔵さんのお話をお聞きになったほうがよろしいかと思うのですが」

弥之助は勧めた。

「三蔵さんの？　なぜですね。芝居に落ちこぼれた人間の言うことを聞いても仕方ありませんよ」

「落ちこぼれ？」

弥之助は啞然《あぜん》とした。

「きっと、三蔵さんは私に嫉妬しているんじゃないですか。それで、あることないことを言っているんでしょう」

「違います。三蔵さんの言うことは千之丞さんのためになることだと思います」

「いりませんよ。じゃあ、どうぞお引き取りを」

千之丞は冷たく言い放った。

「千之丞さん。やっぱり、あなたは矢先稲荷でのことを見ていましたね」

「いつぞやも言ったはずです。私は何も見ていません」

「三蔵さんが言ってました。他の役をやったとき、そのときの恐怖心が蘇って障りになるかもしれないと」

「…………」

「千之丞さん。お願いです。あなたが見たことを話してください」

「私は何も見てませんよ」

「このままでは、あなたはだめになってしまいますよ」

弥之助は思い切って言うと、取り巻きの男がこっちを睨《にら》んだ。

「帰ってくださいな」

千之丞は追い返そうとした。

「残念です」

弥之助は引き上げた。


弥之助が下谷七軒町の屋敷に帰ると、母が出て来て、

「さっき、保二郎どのがお見えになりましたよ。帰って来たら、道場にいるからと伝えて欲しいと」

「保二郎が……」

なんだろうと思った。

「何か言ってませんでしたか」

「いえ。ただ、道場にいるからとだけ」

まさか、師匠の身に何かあったのかと、仁村十右衛門のことが心配になった。

「母上。道場まで行ってきます」

弥之助は武家地を走り、元鳥越町にある仁村道場に駆け込んだ。

道場のほうに行くと、師範代の本多三五郎をはじめ、主だった門弟が集まっていた。

保二郎の背中が見えたので、弥之助はそばに行った。

「保二郎、何があったのだ？」

「おう、来たか」

保二郎が振り向いた。

「じつは、沖島さんが行方不明なのだ」

「行方不明？」

弥之助は耳を疑った。

「一昨日《おととい》の夜から屋敷に帰っていないそうだ。道場も、昨日今日と姿を見せていない」

「…………」

弥之助は絶句した。

とっさに浮かんだのは神村左近のことだ。文太郎は左近のことを口外しないようにと弥之助にも命じていた。

「屋敷のほうでは何と言っているのだ？」

「まったく、理由はわからないそうだ」

文太郎は次男坊で沖島家の部屋住みだ。

「ただ、養子の口があったらしいが、それが先方の都合でだめになったそうだ。そのことを悲観しているようには思えなかったということだ」

「沖島さんが、そんなことでめげるとは思えない」

弥之助はすぐに否定した。

「そうだな」

「神村さまのことと関わりないだろうか」

「俺もそれを心配していたんだ。いずれにしろ、これはただごとではない。部屋住みであろうが、直参《じきさん》が丸二日も屋敷を空けるとは……」

師範代の本多三五郎が、

「ここでいくら気を揉んでも仕方ない。きょうはこの辺りで解散しよう。明日は各自、心当たりを当たってもらおう」

と、皆に言った。

「帰るか」

保二郎が言う。

「ふたりとも待て」

三五郎が呼び止めた。

「先日、青痣与力がやって来て、文太郎に神村左近のことで話をきいていたようだ」

「青痣与力がですか」

保二郎は驚いたようにきいた。

「そうだ。その前に八丁堀の同心が話をききにきたときには、文太郎は神村左近のことを黙っていたのだ。文太郎と左近は通じ合っているのか」

「いえ、そんなことはないはずです」

弥之助が答える。

「しかし、文太郎はなぜ左近のことを隠したのだろうか」

「…………」

「ふたりは、そのことで何かを知っているのではないか」

「いえ、わかりません。ただ、我らにも、神村さまのことは何も言わないようにと釘をさされました」

「そうか。どうも、今回の失踪も神村左近絡みのような気がしてならない」

「でも、まだふつかです。明日になったら、平気な顔で出て来るんじゃないでしょうか」

保二郎は楽観して言ったが、三五郎は厳しい顔を崩さなかった。

「じつは、夕方やってきた文太郎の兄上どのの話が気になるのだ。三カ月ほど前から金回りがよかったそうだ」

「三カ月前から？」

「そうだ。神村左近がここを辞めていった頃からだ。どうだ、金回りのことは気づいていたか」

「いえ……」

保二郎は首を横に振った。

「私も気がつきませんでした」

弥之助も答えた。

「そうか。引き止めて悪かった」

三五郎は表情を曇らせたまま、弥之助と保二郎を見送った。道場を預かりながら、問題を起こしたことで気落ちをしているようだ。

弥之助と保二郎はいっしょに道場の門を出た。

「さっきの金回りの件だけど」

保二郎が重たい口を開いた。

「本多さまには知らないと答えたが、俺は何度か『夢家』で沖島さんから馳走《ちそう》になったんだ」

「じゃあ、沖島さんはほんとうに金回りがよかったのか」

「よかったはずだ。いくら『夢家』が安いとはいえ、連日通って豪勢に遊んでは金がかかる」

「知らなかった」

弥之助は呟いた。

「別に隠していたわけじゃないんだ。ただ、俺だけがご馳走になったので、言えなかったんだ」

「別にそんなことは気にしちゃいない。そんなことより、沖島さんはどうして金回りがよかったんだろう」

「………」

保二郎が黙った。

「どうした？」

「神村さまが辞めて行った時期と重なるな」

「うむ。俺も神村さまの件と関わりがあると思う」

「まさか」

保二郎が顔を強張らせ、

「神村さまは辻強盗を働いていたんじゃないのか。それを沖島さんが気づいて口止め料をもらった……」

「違う。神村さまは辻強盗ではない」

弥之助はつい語気を荒らげた。

「そうだな」

保二郎は素直に認めた。


その夜、弥之助はなかなか寝つけなかった。考えることが多すぎた。

沖島文太郎はどこに行ったのか。文太郎の動きも妙だ。そもそも、なぜ、神村左近のことを口外しないように言ったのか。

文太郎の金回りがよかったことも気になる。胸騒ぎがしてならないが、弥之助にはどうすることも出来なかった。

それより、千之丞のことだ。やはり青痣与力に言うべきだろうか。仁村先生からも、神村左近のことを伝えるように頼まれていた。その前に、青痣与力のほうからやって来たことで、そのままになってしまったが、千之丞のことがある。何かを知っていることは間違いない。

ただ、千之丞を売るような真似《まね》はしたくなかった。だが、このままでいいとは思わない。千之丞のためにもならない。青痣与力なら千之丞の立場を慮《おもんぱか》ってうまく取り計らってくれるかもしれない。

やはり、青痣与力に相談しようと決めると、ようやく心が落ち着き、いつしか深い眠りに入った。

翌朝、襖《ふすま》の外からの母の声で起こされた。朝陽が部屋に射し込んでいる。

「保二郎どのがお見えですよ」

「今何刻ですか」

「六つ半（午前七時）になりましょうか」

何かあったと、弥之助はすぐに立ち上がった。

玄関に、保二郎が待っていた。

「弥之助。俺のところに道場から使いがあった。根岸《ねぎし》の里《さと》の奥で、沖島さんらしき武士が死んでいたそうだ」

「沖島さんが？」

「顔を検めに行くように頼まれた」

「俺も行く。待っててくれ」

部屋に取って返し身支度をして、母に断わり、弥之助は保二郎とともに根岸に急いだ。

三ノ輪を経て根岸に着いたのは半刻（一時間）後だった。

御行松《おぎようまつ》の先の音無川《おとなしがわ》が右に大きく曲がっているところに、岡っ引きの手下らしい男が待っていた。

「仁村道場のお方でございますか」

手下らしい男が確かめる。

「そうだ」

保二郎が答える。

「こちらです」

手下は案内した。

木立の中に古びた庵《いおり》ふうの建物があり、同心や岡っ引きの姿があった。

岡っ引きの忠治が近づいてきて、

「ごくろうさまです。どうぞ、こっちです」

忠治は建物の裏手にまわった。

莚《むしろ》をかけられている亡骸があった。弥之助と保二郎はそばに行く。

忠治が莚をめくった。

「あっ、沖島さん」

一目で、文太郎だとわかった。

左肩から袈裟懸けに一太刀だ。文太郎も刀を抜いていた。

「沖島文太郎どのに間違いないですな」

道場にやって来た堀井伊之助という同心が確かめた。

「間違いありません」

弥之助ははっきりと答えた。

「やはり、そうでしたか。屋敷がわからないので、道場にお知らせした次第」

「死んでからだいぶ経っていますね」

「ええ。ふつか以上は経っていましょう。亡骸を発見したのは近所の百姓です。

野犬が騒いでいるので様子を見に来て見つけたそうです」

「一昨々日の夜から屋敷に帰らないと、道場のほうに家人から相談があったようです。道場にも一昨日、昨日と姿を見せず、心配しておりました」

保二郎がしんみり答えた。

「斬ったものはかなりの腕。斬り口から見て、例の三人を斬ったものと同じだと思われる」

同心は説明し、

「沖島どのがどうしてここに来たのか、心当たりはありませんか」

と、弥之助と保二郎の顔を交互に見た。

「いえ、わかりません」

保二郎は答えて、

「これから道場に帰り、沖島さんの屋敷に知らせるようにいたします」

「そうしてもらいましょう」

弥之助と保二郎は来た道を戻った。道場に着くまで、ふたりはひと言も口をきかなかった。

三

その日の昼前、剣一郎は伊之助から沖島文太郎の死を聞かされた。

「根岸の里にある庵ふうの家です。もう何年もひとが住んでいなかったそうです」

剣一郎は左近の動きを想像した。

「下谷坂本町から逃げた左近はそこに住み処《か》を求めたのか」

「一昨々日の夜に斬られたようです。人里離れたような場所なので、野犬の騒ぎで百姓が不審を持たねば、さらに発見は遅れていたと思われます」

「文太郎はその庵を訪ねて殺されたのだな」

「はい」

「文太郎は左近を探していたのだ。なぜ、探していたのか。左近を助けるためではない。逆だ」

「文太郎の兄の話では、文太郎は三カ月前から金回りがよかったと言ってました」

「金か」

剣一郎は蔑むように口許を歪め、

「文太郎は神村左近の追手に金をもらって手を貸したのか」

「そうだと思われます」

「沖島文太郎の動きに注意を払っておくべきだった」

剣一郎は文太郎の動きを想像する。

三カ月ほど前、道場の武者窓から覗いている男に気づいて文太郎から声をかけたか、あるいは男のほうから声をかけたか。

そのとき、男は金を渡して文太郎に神村左近が探し求めている相手であるかを探らせた。だが、左近もそれに気づいて男を殺し、道場を辞めて行った。その後、文太郎は偶然にも矢先稲荷の近くで左近を見つけ、そのことを男の仲間の久兵衛に告げた。そして、今回だ。

文太郎は追手の手先となって左近を探していたのだ。

「その根岸の里の庵に、神村左近が隠れていた痕跡はあるのだな」

「はい。近所の寮の住人なども、ときたま浪人の姿を見ていたそうです」

「そうか」

剣一郎はまた不思議に思ったことがある。左近は追手から逃げているはずなのに、なぜ、それほど遠くに逃げようとしないのか。

元鳥越町も道場に居候《いそうろう》をし、そのあとは下谷坂本町、そして根岸の里だ。追手から逃れるならば、本所・深川のほうに逃げたほうがまだ見つからないと思うのだが……。

「神村左近は今度もそう遠くに行っていないような気がする。谷中《やなか》から本郷の辺りか、あるいは今戸《いまど》、橋場《はしば》辺りに潜伏しているのではないか」

剣一郎は自分の考えを述べ、

「追手も左近も信州山岳党の一味と思われる。今までは内輪の争いで済んでいたが、沖島文太郎のように巻き込まれて犠牲になる者を出してはならない。心してかかるように」

「はっ」

伊之助が引き上げたあと、剣一郎は宇野清左衛門のところに行った。

「青柳どの。また、新たな殺しがあったそうだの」

「申し訳ございません。防ぐことが出来ませんで」

剣一郎は詫びたが、清左衛門は一蹴して、

「青柳どのに何の落ち度があろうか。なれど、これ以上、犠牲が出ることは何としてでも防ぎたい」

「はい。これで、仁村道場にいた神村左近なる浪人の仕業であることはほぼ間違いないと思われますので、これからは遠慮なく左近を追うことにいたします」

「そうそう、諏訪《すわ》藩の国侍で、信州山岳党に詳しい武士がいるそうだ。その者から話を聞けるように取り計らっているところだ」

「それは助かります」

信州山岳党についての知識がほとんどない。どんな些細《ささい》なことでもわかれば、探索に役立つ。

剣一郎は清左衛門の前を下がった。


それから一刻(二時間)後、剣一郎は根岸の里に来ていた。

左近が住んでいたと思われる庵の前にやって来た。奉行所の小者が見張りをしていた。

その者に、剣一郎は声をかけた。

「ごくろう。変わりはないか」

「はい。ありません」

若い男は畏まって答えた。

剣一郎はそこを離れ、音無川に出た。川の向こうに田圃が広がり、日暮《ひぐ》らしの里から道灌山《どうかんやま》が望める。左近はなぜ、遠くに逃げなかったのか。

もし、その気ならさらに王子《おうじ》のほうにまで逃げてもよかったはずだ。だが、左近はそこまでしなかった。

剣一郎は左近の身になって考えてみた。左近は追手から逃げている。だが、追手は執拗《しつよう》に追いかけてくることを知っている。だとしたら……。

左近の狙いは追手を倒すことか。逃げながら、追手をひとりずつ殺して行く。そのために、追手に見つかりやすい場所に隠れ家を求めた。

だから、沖島《おび》文太郎も左近を捜し出せたのかもしれない。左近は腕に自信がある。追手を誘き出し、始末する。そう考えれば、左近が遠くに逃げない説明がつく。

しかし、と剣一郎は踏みとどまる。それは極めて危険なことではないのか。もし、庵にいて夜襲をかけられたら、万が一ということもある。

おそらく、左近は文太郎が近づいてきたことに気づいて襲ったのであろう。もし、文太郎が仲間に知らせに行ったらどうだ。

多勢で、襲撃をするのではないか。あるいは庵に火を放つ攻撃をするかもしれない。追手を誘き出すために、そのような危険を冒《おか》すだろうか。

剣一郎はのどかな田園風景を眺めながら、頭の中では激しい殺戮《さつりく》の光景を思い浮かべた。果たして、左近はそこまで激しい男なのか。

仁村道場の十右衛門は道場を任せてもいいと思うほど、左近を買っていた。十右衛門の目が狂っていたとは思えない。

沖島文太郎を含め、四人の命を奪っているが、すべて一太刀で絶命させている。剣の腕をひけらかすより、相手を苦しませずに殺しているとも考えられる。左近は決して殺人鬼ではない。追手から逃れるために止《や》むなく斬っているのだ。そして、そうまでして、近場にいなければならない理由があるのではないか。

剣一郎はそこまで考えたものの、それ以上のことは思案に余った。晩春の爽《さわ》やかな風を全身に受けながら、剣一郎は神村左近への思いをますます募《つの》らせていた。

弥之助は沖島文太郎の屋敷を出た。

北枕に寝かされた文太郎の枕元では線香の煙がいくつも上がっていた。たくさんの弔問客が訪れていた。

文太郎が神村左近に殺されたことで、もはや躊躇《ちゆうちよ》はしていられないと思った。弥之助は意を決して、八丁堀に足を向けた。

千之丞のことを青痣与力に告げたところで文太郎の死を防げたとは思えないが、今後のことも含め、話しておくべきだと思った。

楓川《もみじがわ》にかかる海賊橋《かいぞくばし》を渡り、茅場町《かやばちよう》薬師《やくし》の前に差しかかったころには日が暮れて、暮六つ（午後六時）の鐘が鳴りはじめた。

八丁堀の与力町に入ると、冠木門《かぶきもん》の屋敷が並んでいる。

通りがかりの町方の人間らしい男に青柳家を訊ね、弥之助はいよいよ青痣与力の屋敷にやって来た。

冠木門に門番はいない。腰から刀を外し、弥之助は玄関に向かった。静かで、物音がしない。門の横の長屋から奉公人らしい男が顔を出したが、弥之助が玄関に向かうのをただ見送っていた。

与力の家には来客が多いのだろう。

弥之助は玄関に入り、大きく深呼吸をした。

「ごめんください」

弥之助は奥に向かって声をかけた。

しずしずと美しい婦人が出て来た。一瞬、神田明神で出会った娘かと思うほどだったが、年齢が違う。

「私は仁村十右衛門道場の門弟で高岡弥之助と申します。青柳さまにお目にかかりたくて参上いたしました」

弥之助は一気に言ったあとでため息をついた。

「ご用件は？」

「はい。神村左近という浪人のことでお知らせしたいことがあります」

「わかりました。どうぞ、お上がりください」

「えっ？　青柳さまのご意向をお確かめなさらないでよろしいのでしょうか」

あまりにあっさり部屋に上げようと言うので、弥之助はかえって面食らった。

「はい」

婦人は微笑んだ。

「さあ、どうぞ」

「失礼いたします」

弥之助は式台に上がった。

玄関脇の小部屋に通される。すでに行灯が灯っていた。

「少々、お待ちください」

婦人は部屋を出て行った。

それほど待つまでもなく、青痣与力がやって来た。涼しげな目をしたやさしい顔立ちながら左頬の青痣が精悍な雰囲気を醸《かも》しだしている。

弥之助は思わず頭を垂れた。

「仁村十右衛門道場の門弟の高岡弥之助と申します」

「青柳剣一郎だ。わざわざ、ご苦労だ。私に何か知らせたいことがあるそうだの」

剣一郎が穏やかに切り出す。

「はい。我が道場にて三カ月ほど前まで師範代を務めておりました神村左近さまのことで、お耳に入れておいたほうがいいかと思い、参上いたしました」

「それはわざわざ」

剣一郎はねぎらうように言う。

「話が長くなることをお許しください。そもそもは、私が浅草の矢先稲荷の裏手にある『夢家』という店に朋輩《ほうばい》から誘われて行ったことからはじまります」

そのときの様子を話し、

「それでいったん外に出て時間をつぶし、頃合いを見計らって『夢家』に戻ろうとしたところ、矢先稲荷の前を行く神村左近さまを見かけました」

剣一郎はじっと聞いている。

「私はそのまま『夢家』に行きました。そのとき、さっきまでいた役者はいませんでした。私はしばらく朋輩とお店の女といっしょに呑んでいましたが、先に帰りました。そのとき、矢先稲荷の横のほうで人だかりがしていました。私もそこに向かい、野次馬の中にさっきの役者を見つけました」

弥之助はさらに続ける。

「私は下手人が神村さまではないかと気になり、あの役者が矢先稲荷の周辺にいたことから何かを知っているのではないかと思い、役者の名前をきき出して会いにいきました。その役者は千之丞さんと言います。千之丞さんは何も見ていない、何も知らないと言いました。そのときの答え方が妙に思えましたが、私はそれ以上、深くきくことは出来ませんでした」

剣一郎は微動だにせずに耳を傾けている。

「三月に入って、市村座で『仮名手本忠臣蔵』の芝居が初日を迎えました。千之丞さんは与市兵衛の役を演じていましたが、斧定九郎に殺される芝居が真に迫っていると観客の評判になったのです」

弥之助は続ける。

「芝居が初日を迎える前は『夢家』で三蔵さんに役の工夫をきいていました。僅《わず》かな時間で、自分で役作りをしたのかと思いましたが、気になって三蔵さんにいっしょに行ってもらい千之丞さんの芝居を見たのです。確かに、真に迫った芝居でした。でも、三蔵さんは、だめだとばっさり切り捨てました」

「千之丞は殺しの場面を見ていると?」

はじめて、剣一郎は口をはさんだ。

「はい。それで、あのような芝居が出来たのではないかと思ったのです。私はさっそく、千之丞さんに会いに行きました。もちろん、千之丞さんは否定しましたが、私はその時の態度から見ているはずだと確信しました」

「そうか」

剣一郎は腕組みをし、

「そんなに真に迫っていたか」

「はい。素人の私の目には、恐怖心からお小水を漏らしたように思えました。ほんとうに怯えているようでした」

「お小水か」

剣一郎は首を傾げた。

「確かに、殺しを目の前にすれば、恐怖に震え上がるだろう。だが、それだけではお小水を漏らしたようになるとは思えぬ」

「…………」

「もしかしたら」

剣一郎は呟いてから、

「千之丞は殺しを見たことで、相手に脅《おど》されたのではないか」

「あっ」

弥之助は思わず叫んだ。

「刃を突き付けられ、他言するなと脅されたのだ。そのとき、千之丞はお小水を漏らしたのかもしれない」

なるほどと、弥之助は唸った。単に見ただけならあれほどの恐怖を覚えることはない。

千之丞は神村左近に気付かれたのだ。

「恐れ入ります。そう考えれば、千之丞さんが私の問いかけに頑《かたく》なに口を閉ざしていることもわかります」

「千之丞に話してもらうには危険がないことをわかってもらうしかないだろう。あとは、わしに任せていただこう」

「お願いがございます」

弥之助は頭を下げた。

「なにかな」

「三蔵さんの話では、千之丞さんは型が出来ていないところに、殺される男の恐怖の芝居で注目を浴びた。でも、型が出来ていないので、だんだん恐怖心が薄らいできたら平凡な芝居になってしまう。そう見ていました」

「なるほど」

「お願いというのは、千之丞さんにそのことをわかっていただきたいのです」

「毎日客の絶讃を浴びていくうちにだんだん慢心し、そのことに逆らうように恐怖心は薄らいでいこう。そのときでも、殺される人間の恐怖を出す芝居が出来るかどうかであろうな」

「はい。三蔵さんもそのことを気にしております」

「あいわかった。必ずや、千之丞に三蔵やそなたの気持ちをわかってもらおう」

「ありがとうございます」

「ところで、なぜ、そなたはそんなに千之丞のことを気にかけるのだな。芝居が好きなのか」

剣一郎が気分を変えるようにきいた。

「いえ、私はこれまで芝居には関心がありませんでした。でも、三蔵さんから芝居も型が大事だという話を伺い、剣術と同じだと感じ入ったのです」

「なるほど」

「神村左近さまは、いつも型稽古ばかりさせていました。そのことに、いささか不満を覚えていたので、三蔵さんの話を聞いて目を見開かされる思いでした」

「神村左近は型を重視したのか」

剣一郎は鋭くきく。

「はい」

「わからん」

いきなり、剣一郎が呟いて首を横に振ったので、弥之助は気になった。

「何がでございましょうか」

「神村左近という人間がだ。四人もの人間を殺した左近とは別に、もうひとりの左近がいるようだ。その左近には真心がある」

「真心が……」

「左近は嘘偽りのない生き方をしてきた男かもしれぬ」

剣一郎が左近をかばうような言い方をしたので、弥之助は意外に思った。確かに、自分が知っている左近はひとを平気で殺すような男ではなかった。

会ったことのない左近の真の姿を見抜いているかのような剣一郎に、弥之助は圧倒されていた。

「ところで、高岡どのは仁村道場には長いのかな」

「はい。十五歳のときから通い、もう七年になります」

「そうか。仁村どのは病床にいて気が弱っていよう。そなたが親身になってやってもらいたい」

「はい。私は仁村先生をもうひとりの父とも思っております」

「そうか。安心した」

剣一郎は笑みを浮かべ、

「さすが、仁村どのが褒めていただけのことはある」

「えっ、先生がですか」

「うむ。名は聞いていないが、高岡どののことで間違いないだろう。必ず一廉の人物になると、うれしそうに話していた。仁村どのは、わしにそなたを引き合わせたいと言っていた。やはり、仁村どのはひとを見る目がある」

「恐縮でございます。ですが、仁村先生は私を買いかぶっておられます。私はまだ未熟者ですし……」

「いや、そのような謙虚なところも仁村どのが高く買う理由であろう」

そういう剣一郎こそ、少しも偉ぶることなく、若輩の自分にも対等に接してくれる。そのことに深く感じ入った。

「青柳さまにお目にかかれたこと、私にとって何物にも代えがたき宝となりました。ありがとうございました」

「いや、わしもそなたと会えてうれしかった」

剣一郎は手を叩いた。

しばらくして襖の外で声がした。

「はい、お呼びにございますか」

「おや、るいか。いや、るいでよい。高岡弥之助どのがお帰りだ。お見送りを」

「はい」

るいが襖を開けて、顔を覗かせた。

弥之助は何気なく娘の顔を見て、落雷に遭ったような衝撃に体が硬直をした。

「あなたは……」

弥之助はあとの言葉が続かなかった。

剣一郎はるいの様子がおかしいことに気づいた。なにか、夢を見ているような虚《うつ》ろな目になっていた。

弥之助もまた魂《たましい》を失ったように呆然としている。

「ふたりともどうした？」

剣一郎が声をかけると、まず弥之助が我に返り、あわてて、

「失礼いたしました」

と、声を上擦らせて言った。

「私のほうこそ、不躾《ぶしつけ》な真似を」

ふたりの様子を見て、剣一郎は多恵から聞いた言葉を思いだした。

「ひょっとして、ふたりは神田明神で？」

「えっ。どうして、そのことを」

弥之助は驚き、あわてた。

「娘も、そなたのことを忘れがたく思っていたようだ」

「父上」

るいが恥じらうように言う。

（奇跡が起きた）

思わず、弥之助は内心で呟いていた。

剣一郎は立ち上がり、

「入れ」

と、るいを部屋に入れ、

「わしは向こうへ行く。るい、あとは頼んだぞ」

戸を閉め、剣一郎は居間に行った。

多恵がやって来て、

「どうか、なさったのですか」

と、きいた。

「このようなこともあるのだな。愉快だ。実に愉快だ」

剣一郎はひとりで笑っていた。

四

翌日、諏訪藩の留守居役が国元の武士を連れて奉行所までやって来た。

信州山岳党のことを説明しにわざわざ奉行所にまで来てくれたのにはわけがある。先月、諏訪藩の勤番侍が町中で町人と喧嘩沙汰になったのを奉行所がお目溢《こぼ》しをしてやったのだ。そのことがあるので、協力的だった。

「わざわざお出向きいただき、恐縮でござる」

最初に長谷川四郎兵衛が進物の礼をかねて挨拶に出てきた。

「いえ、我らも何かとお世話になっておりますゆえ」

留守居役がにこやかな顔で言う。

「では、あとは青柳どのに」

そう言い、四郎兵衛は部屋を出て行った。

「宇野さま、青柳どの。この者は国元ではかつて町奉行所の同心を務めておりました。今は近習番に昇格いたしております、古瀬滝治郎《ふるせたきじろう》にござる」

「古瀬滝治郎でございます」

滝治郎は二十八、九歳だ。

「青柳剣一郎でござる。きょうはよろしくお願いいたします」

「はい。私が同心をしていたのは三年前までですが、その頃は二年に一度の割で、信州山岳党なる盗賊によってご城下の豪商が襲われました。千両箱を幾つも盗んでいきました」

「手掛かりはなかったのですか」

「はい。まったくの神出鬼没でした。信州山岳党は押し入った先でひとを殺しません。押し入られた家の者の話では、一味は全員天狗の面をかぶり、ひと言も言葉を発しないようです。だから、よけいに無気味だったそうです」

滝治郎はさらに付け加えた。

「かなり、訓練された連中のようでした。一度、一味と遭遇しましたが、一糸乱れぬ動きに圧倒されました」

「訓練された連中ですか」

「はい、単なるならず者の集まりではありません。普段はまっとうな暮らしをしている者たちが、いざというときに集まって来る。そう思ったのですが、それだと盗賊になったとき、何日間も家を空けることになります。そんなことをしたら、周囲から不審を買うでしょう。そんなところから、戸隠の修験者の成れの果てだとか、忍者の里の出だとかいう噂が立ちました。あるいは、旅芸人一座に紛れて諸国を渡り歩いているのではないかとも」

「その噂の真偽は？」

「一味に修験者崩れや忍者崩れがいたかもしれませんが、同族の者という証はありませんでした。また、旅芸人一座を調べたことがありましたが、怪しいところはなにも……」

「まったく、雲を摑むような盗賊ですね」

剣一郎は不思議に思った。

「なぜ、これほど手掛かりがないのでしょうか」

「同じ藩内では続けてやらないからでしょう。二年に一度の割ですから、襲われるほうも油断をしています」

「捕縛を他藩と力を合わせてはやらなかったのですか」

「やりました。特に浅間藩は力を入れておりましたから」

「そうですか。しかし、結局、捕まらなかったのですね」

「私が同心をしていた三年前までは捕まりませんでした。しかし、聞くところによると、この一年、動きがないそうです」

「そのことをどう思いますか」

「さあ」

「たとえば、江戸に勢力を伸ばそうとしているということは考えられませんか」

「さあ、どうでしょうか。信州山岳党と名乗っているぐらいですから、奴らは山をうまく使って動き回っているように思えます。山のない江戸では自由な動きが出来ないのではないかと」

　確かに、信州であれば、山に逃げ込むことが出来る。そうなると、山村で暮らしている人間たちという考えが浮かぶが、一糸乱れぬ動きをするのはかなりの訓練を受けてなければなるまい。

「古瀬どのは山岳党が江戸に出て来るとは考えられないとお思いですか」

「私はそう思います」

「そうですか。じつは、三人の江戸者ではない男が斬られました。斬ったのは神村左近という三十過ぎの浪人です。この左近は信州の出のように思えます。この連中から信州山岳党の匂いは感じられませんか」

「仲間割れということですか」

滝治郎は首を傾げた。

「固い結びつきの山岳党とて、人間の集まりですから仲間割れが起きてもおかしくありません。一年前から動きが止まったのも仲間割れがあったからかもしれません。でも、私には山岳党一味が仲間割れを起こすなんて信じられません」

「それほどの結束を誇っていたということですね」

「そうです。だから、しいて考えれば……」

滝治郎は躊躇しながら、

「頭領格の人間が病気で倒れたか、あるいは亡くなったか。亡くなったのなら一年間の喪《も》に服している場合もあるかなと」

「確かに、そういう見方もありますね」

動きが止まったのが頭領の異変だとしたら、やがて喪が明けた暁にはまた盗みをはじめるのではないか。

そうだとしたら、神村左近も殺された三人も山岳党とは関わりないことになる。

「信州山岳党以外の盗っ人は？」

「もちろん、おりました。中には山岳党になりすました盗賊もおりました。確か、一年ほど前、浅間藩内でも山岳党になりすました盗賊一味が捕まったと、旅回りの行商人が言ってました」

「浅間藩内で山岳党になりすました盗賊一味が捕まった？」

剣一郎は聞きとがめた。

「はい。浅間藩の町奉行所が隠れ家を急襲したそうです。最初は山岳党だと喜んだそうですが、あとから偽者だとわかったそうです」

「そんなことが一年前に起きていたのですか」

浅間藩の横尾佐武郎はそのことに触れなかった。偽者だったから、触れる必要がないと思ったのであろうか。

それから一刻（二時間）後、剣一郎は葺屋町の市村座にやって来た。

楽屋口にいた男に、帳元の勘兵衛《かんべえ》を呼んでもらった。

「少々、お待ちください」

男衆は楽屋に向かった。

小屋の表はたいそうなひとだかりだが、ここはひっそりとしていた。役者たちもすでに楽屋入りをしており、出入りする人間は少なかった。

小肥りの男が出て来た。

「これは青柳さま」

帳元は芝居の総支配人であり、座元の代わり、興行の一切を取り仕切っている。

「盛況だな」

「はい。おかげさまにて」

勘兵衛は笑いを堪えて言う。もともと大部屋の役者だったが、口跡に難があり、役者に見切りをつけて裏方からはじめ、ひと当たりがよく金を集める才には長けていて、いつの間にか、帳元として頭角を現わした。

帳元にとって一番大事な金主を見つけて金を集めることが出来、もともと役者だったので役者の気持ちも理解出来て、帳元という仕事は勘兵衛には適任だったようだ。

「青柳さま。きょうは何か。まさか、芝居をご覧になりたいわけではありますまい」

勘兵衛は冗談まじりに言う。

「じつは、そうなんだ」

「えっ」

勘兵衛は目を丸くした。

「真《まこと》でございますか。ひょっとして奥様とごいっしょで？　よございます。席をご用意いたしましょう」

「いや。わしが見たいのは千之丞の与市兵衛だけだ」

「千之丞の与市兵衛？」

「殺される芝居が真に迫っているという評判ではないか」

「お耳に入りましたか。そうなんですよ。あの場面では斧定九郎が注目を浴びるはずなんですが、今回は千之丞の与市兵衛に客の視線が釘付《くぎづ》けなんです」

「そなたは、当然、千之丞の芝居を見たのだな」

「はい。見ました。驚きました。他の芝居は平凡なんですが、定九郎に刀を突き付けられた際なんざ、ほんとうに殺されるのではないかと怖がっていました」

「そうか。その場面だけでも見てみたいのだが」

「よござんす。あと四半刻（三十分）ほどで、山崎街道の場になりましょう。どうぞ、こちらに」

剣一郎は楽屋口から入り、迷路のような廊下を伝って舞台の脇に案内された。役者の出入りの邪魔にならない場所に立ち、舞台を横から眺めた。

芝居を終えた千之丞が楽屋で化粧を落とし、着替え終えるのを待って、勘兵衛が千之丞に近づいた。

勘兵衛が何ごとか囁くと、千之丞が驚いたように振り向いた。用向きを察したのだろう、表情を曇らせた。

千之丞がやって来た。

「少し、話をききたい」

剣一郎は切り出す。

「はい」

千之丞は気弱そうに頷いた。

「どこか、話が出来るところはあるか」

「長くなりそうですかえ」

「そなた次第だ」

「他の者に話を聞かれてもよければここでもよいが」

「いえ。外に」

「よし」

不思議そうな目をしている勘兵衛に礼を言い、剣一郎は千之丞と共に楽屋を出た。

「浜町堀まで、御足労ねがえますか」

「構わぬ」

千之丞が連れて行ったのは『千之丞』という名の呑み屋だった。

「私の贔屓《ひいき》だった女の店です」

そう言い、まだ暖簾の出ていない店の土間に入った。女が出て来て、剣一郎に会釈をした。

「少し、青柳さまとお話があるんだ。ここを借りる」

「はい」

女は気を利かして奥に引っ込んだ。

剣一郎と千之丞は小上がりの座敷にあがり、差し向かいになった。

「…………」

「千之丞。用向きはわかっているようだな」

「はい。あの若いお侍さんがよけいなことを告げ口したんでしょう」

千之丞は少し憤然と言う。

「それは違う。そなたのためを思ってのことだ」

「私のためですって」

千之丞は口許を歪め、

「そうじゃありません。三蔵さんが嫉妬混じりに、あの若いお侍さんにあることないこと話したんですよ。そうに決まってます」

「なぜ、そう思うのだ？」

「………」

「そなたは、芸のことで三蔵に相談したそうだな」

「はい。でも、三蔵さんは型を身につけろの一点張り。私はありきたりの型ではなく、新しい芸を見せたかったんです。だから、話がかみ合わなかった」

「三蔵が心配していたのはそこだ。そなたは型を疎《おろそ》かにしている」

「いえ、型は守っています」

「いや、まだ、自分のものになっていない。きょう、そなたの芝居を見せてもらった。確かに、型にそった芝居だ。だが、そなたは型を求めていた」

「………」

「山崎街道を急ぐそなたの与市兵衛は懐に五十両を持っていることはわかった。だが、五十両は娘を売った金だという悲しみが出ていない」

「そんなこと……」

「芝居の素人に何がわかるかという顔つきだな。確かに、わしは芝居はわからぬ。だが、型については剣の道も同じだ」

「剣の道……」

「そうだ。山崎街道を行くそなたは型にはめようと考えながら芝居をしていた。しかし、型が身についていれば、自然に型にはまった芝居が出来る。なにも考えずに型が出来れば、気持ちに余裕が出来る。その余裕によって、与市兵衛の心の悲しみまで訴える芝居が出来るのではないか」

そこまで言って剣一郎はあわてて、

「いや、素人が勝手なことをほざいていると思うかもしれぬが、許してもらおう」

と、謝った。

「いえ」

千之丞は強張った表情で首を横に振った。

「さて、そなたが今評判をとっておる斧定九郎に殺される場面だ。確かに、死の恐怖に怯え、真に迫っていた。客も固唾を呑むほどの迫力だ」

「………」

「だが、刃を突き付けられて怯えていたのは与市兵衛ではない」

「えっ?」

「舞台で怯えていたのは、千之丞自身だ」

「………」

「与市兵衛であれば、もっと違う恐怖の感じ方があったはず。確かに、評判を得たまま千秋楽《せんしゅうらく》を迎えられるかもしれない。だが、それは見せかけだ。真に受けた恐怖心はだんだん薄らいでいこう。それとともに迫真の芝居も消えて行く。たとえれば、砂の山が風に飛ばされ小さくなっていくように……」

剣一郎は口調を改め、

「手厳しいことを言うようだが、そなたには恐怖心を克服しなければ、芸の進歩はない。矢先稲荷で、そなたは殺しを見た。そして、そのことを相手に気付かれた。違うか」

千之丞は口をわななかせた。

「自分のためにも、見たことを話すのだ」

「私は何も……」

「考える時間が必要だろう。改めて、訪ねる。千秋楽まで間がある。悔いのない芝居をするためにもよく考えよ」

剣一郎は立ち上がった。

戸口で振り返ると、千之丞は肩を落としたまま俯いていた。

五

沖島文太郎の葬儀が終わり、弥之助と保二郎は道場に帰ってきた。

「もう、沖島さんはいないのか」

道場を見回して、保二郎が言う。

「こんなことになろうとはな」

弥之助もしんみり言う。

「沖島さんは金のために神村さまを探していたのか」

「そうだと思う」

「あとのことは、奉行所に任せ、我らは稽古に専念するのだ」

師範代の本多三五郎が門弟たちに言う。

「そうだな。俺たちに出来ることはもうなにもない」

千之丞のことを青痣与力に話したことで自分の役割は終えたと、弥之助は考えた。

そのあとで、弥之助は道場主の十右衛門に呼ばれた。

病臥している部屋に行くと、十右衛門は半身を起こしていた。

「文太郎のことは残念であった」

「はい。よく、ご指導くださいましたのに」

弥之助も応じる。

「うむ。ところで、青柳どののお屋敷に行ったそうだの」

「はい。お伺いいたしました」

「青柳どのも、そなたを気に入ったようだ」

十右衛門はうれしそうに言う。

「るいどのにも会ったか」

「はい」

弥之助は弾んだ声で答えた。

「青柳どのから聞いたが、そなたはるいどのと一度、神田明神で出会っていたそうだな」

「はい。まさか、青柳さまのお屋敷で再会するとは思ってもいませんでした」

「運命的な出会いに、わしも驚いている。わしはそなたとるいどのはお似合いではないかと思っていたのでな」

「そこまでのお心配りを……」

弥之助は胸がいっぱいになった。

「文太郎のことで気が滅入っていたが、そなたのことで救われた思いがする」

「もったいないお言葉」

弥之助は恐縮した。

「うまく行くことを願っておる」

「はっ」

照れながら、弥之助は下がった。

保二郎とともに道場を出た。

「弥之助。何かあったのか」

突然、保二郎がきいた。

「なんだ、いきなり?」

「なんだか、顔つきが違う」

「顔つきが?」

弥之助は顔に手をやった。

「そうか」

弥之助はまだ保二郎に話していなかったことに気づいた。

「沖島さんのことがあって、言いそびれていた。じつは、会ったのだ」

「会った?」

保二郎ははっとして、

「おい。まさか、神田明神の娘ではないだろうな」

「そのまさかだ。あの女子に会った」

「ほんとうか」

保二郎は不思議そうに、

「どこで？」

「青柳さまのお屋敷だ」

弥之助は青痣与力の屋敷を訪れた経緯から話した。

「青柳さまの娘御だったのか」

「そうだ。帰りがけに現われてびっくりした」

「そうか。よかった」

保二郎は我がことのように喜ぶ一方で、

「弥之助が嫁をもらうと、家で俺への風当たりが強くなるな」

と、浮かぬ顔をした。

「おいおい、まだ、そんなところまで行ってない」

「いや。お互い惚れあっているのだ。妨《さまた》げになるものはなにもない」

「保二郎にも縁談が来ているんだろう」

弥之助は決めつけてかかってる保二郎の口を封じるようにきいた。

「幾つかな。おやじもおふくろも持参金目当てだ。持参金が一番多いところに決めろと恥ずかしげもなく言っている」

「持参金か。俺のところもおなじようなものだ」

弥之助は苦笑した。

「俺はまだ嫁をもらいたくない。もう少し、遊んでいたい」

保二郎は言ってから、

「だが、そなたはもう嫁をもらうべきだ。八丁堀の与力なら御《おん》の字《じ》ではないか」

「まだ出会ったばかりだ。この先、どうなるかわからん。それに、俺は持参金など当てにしていない」

「まあ、いずれにしろ、よかった。正直なところ、俺はおまえがあの娘御と本当に再会出来るとは思っていなかったんだ」

「俺も奇跡だと思っている」

弥之助は運命なのだと思った。るいを嫁にしたい。その思いは再会したあと、ますます強まった。

その前になんとしてでも、御番入りを果たしたい。父の勧めもあり、逢対日ではなくても近々組頭さまにお願いにあがろうと、弥之助は思った。

その夜、剣一郎はるいと濡縁に出て庭を眺めながら、

「まさか、高岡弥之助とすでに出会っていたとはな」

剣一郎はふたりの出会いを喜んで言う。

「はい。まさか、再会出来るとは思ってもいませんでした」

るいは正直に答えた。

るいは神田明神で出会った若い侍に心を惹かれているらしいと多恵から聞いていたが、その相手が仁村十右衛門が高く買っていた弥之助だったという巡り合わせに運命的なものを感じ取った。

「るい。わしは弥之助ならば申し分がない。あの者は誠実であり、芯《しん》のしっかりした男だ。仁村どのも太鼓判《たいこばん》を押していた」

「父上」

るいが恥じらいながら、

「まだ、そこまではいっていません」

「いや。そうなる。わしはそう確信している。そうだ、そうなると、まず申し入れのある縁談をみなお断わりせねばなるまい」

「まあ、父上ったら」

るいが呆れたように言う。

るいが去ってから、多恵がやって来た。

「るいもうれしそうです。やはり、弥之助どののことを思い続けていたのですね」

「うむ。わしも弥之助なら安心だ」

うふっと、多恵は口に手を当てて笑った。

「何かおかしいか」

「るいが嫁に行くのをいやがっていたご様子でしたが、相手が弥之助どのだとわかったら、なんだかとてもうれしそうなので」

「そうだったかな」

剣一郎はとぼけた。

「近々、弥之助どのをお招きしようと思いますが。剣之助も志乃もお会いしたいと申しておりますので」

多恵の言葉に飛びつくように、

「それはいい。ぜひ、そうしよう」

と、剣一郎は勧めた。

翌朝、出仕した剣一郎は京之進と伊之助に会った。

「谷中や日暮里《にっぽり》、本郷から小石川、さらには山谷《さんや》から橋場、今戸のほうの寺の納屋、空き家、間借りの家などを調べましたが、神村左近が潜んでいる形跡はありませんでした」

伊之助が探索の結果を述べた。

「いなかったか」

剣一郎は呟く。

だが、左近はその近辺にいるような気がしてならないのだ。左近は何か目的があるのだ。追手から逃げるためだけなら遠く離れればいいのに左近はそれをしなかった。

左近が、あるいは追手が何者であるかわかれば、その目的もわかるが……。

「どこか漏れはないか」

「はあ」

伊之助は首をかしげた。

「もしや……」

剣一郎はあることに気づいた。

「手を貸す人間がいるのかもしれぬな。その者は市井《しせい》でふつうに暮らしている」

「山岳党から逃げた人間でしょうか」

「そこがわからぬ。江戸にいる間に親しくなった人間か」

しかし、仁村道場にいたとき、左近は道場に住み込んでいたのだ。匿ってもらうほど、江戸に住む者と親しくなったとは思えない。

「追手のほうはどうだ?」

剣一郎は京之進に顔を向けた。

「まったくわかりません。旅籠には泊まっていません。どこぞの武家屋敷の中間部屋にでも潜んでいることも考えられますが、山岳党の一味の隠れ家がすでに江戸に出来ていたのではないでしょうか」

一年前、信州山岳党は江戸に乗り出すために仲間を送りこみ、市井に紛らわせていた。その家に、追手が隠れ住んでいる。

そういうことなのか。

殺したほうも殺されたほうも、素性がわからず、第一なんのために殺し合いは続いているのかもはっきりしない。

まったくの五里霧中《ごりむちゅう》の探索に、剣一郎もふと弱音を吐きそうになる。だが、何か手掛かりがあるはずだ。

神村左近に何か目的があるらしいことは大きな手掛かりかもしれない。だが、それが何かとなると、さっぱりわからなかった。

「これからは左近の探索一本に絞《しぼ》ったほうがいいかもしれぬな。京之進も左近の探索にまわってもらおう」

「はっ」

「左近に手を貸すものがいる。そのことも頭に入れて、引き続き、探索を」

剣一郎はふたりが下がったあとで、気にかかっていることを確かめておこうと思った。

諏訪藩で町奉行所の同心を務めていたことがある古瀬滝治郎から聞いたことが、棘《とげ》が刺さったような感じで気になっていた。

一年前に浅間藩の町奉行所が隠れ家を急襲し、偽の山岳党一味を捕まえたと言っていた。だが、浅間藩の横尾佐武郎はそのことに触れなかった。偽者だったから、あえて触れる必要がないと思ったのだろう。

だが、一年前の出来事だということも気になった。関わりはないかもしれないが、剣一郎は確かめておこうと思った。

半刻（一時間）後、剣一郎は浜町にある浅間藩有沢家三万石の上屋敷に横尾佐武郎を訪ね、長屋の佐武郎の部屋で差し向かいになった。

「先日は、いろいろご教示、ありがとうございました」

剣一郎は礼を述べた。

「いや、ご参考になれば幸いです」

「大いに役立ちました。他の藩のお方に訊ねても信州山岳党に悩まされていたことがよくわかりました」

「で、きょうは？」

「はい。先日、他の藩のお方から、一年前、浅間藩の町奉行所が偽の山岳党一味を捕まえたとお聞きしました」

佐武郎は一拍の間を置き、

「そうです。信州山岳党の跋扈の一方で、我が領内において山岳党を名乗って盗みを働く不心得者がおりました。それを退治したのです」

「信州山岳党はまったく正体不明だったのに、どうして捕まえたのが偽の山岳党だとわかったのでございましょうか」

「私は関わっていないので詳しいことはわかりませんが、捕まえた中には手配中の盗っ人がいて、その者が山岳党を騙《かた》っていたと白状したと聞いております」

「賊は何人ぐらいだったのでしょうか」

　またも間があって、

「確か、十人ぐらいでしょうか」

「十人ですか。かなりの人数ですね」

「………」

「逃げた者は？」

「全員、捕まえたと聞いています」

「その捕まった人間はどうしているのですか」

「半分以上はその場で斬り殺され、生き残った数人が捕まり、牢獄に捕らえてあります」

「半分以上が斬り殺された？　捕縛のときはかなりの修羅場だったようですね。奉行所の人間にも犠牲が？」

「同心がひとり死にました」

「ほんとうに偽者だったのでしょうか」

「と、仰いますと？」

「信州山岳党が動きを止めたのもその頃です」

「偶然かと思います」

「そうですか」

「申し訳ありませんが、殿の出府に備え、その準備に奔走《ほんそう》しております」

「そうでございましたな。来月に？」

「ええ、四月はじめには江戸に到着されます」

「お忙しい中を申し訳ありませんでした」

剣一郎は挨拶をして立ち上がった。

長屋を出て、門に向かう間、強い視線を感じた。剣一郎はその視線を背中で受けとめながら、門を出た。

第四章　隠れ家

一

弥之助は小石川の屋敷に小普請組頭を訪ねた。

逢対日ではないせいか、客間でずいぶん待たされた。もう半刻（一時間）近く経った。

組頭は弥之助に好意的であり、いずれ、御小普請支配の及川辰右衛門に引き合わせてくれると言ってくれた。きょうは、そのことの念押しのつもりでやってきた。

組頭がやって来たのはさらに四半刻（三十分）後だった。

低頭して顔を上げ、弥之助はおやっと思った。組頭の表情が厳しかった。逢対日ではない日にやって来たことで機嫌を損ねたのかと思い、

「突然、押しかけて申し訳ありませんでした」

と、詫びた。

「いや、そんなことはよい」

組頭は小さな覇気のない声で言う。

弥之助は言葉の接《つ》ぎ穂《ほ》に困ったが、組頭が口を閉ざしていたので、辛抱しきれなくなって口を開いた。

「先日、お話をいただいた御支配さまへの面会のことで改めてお願いにあがりました」

弥之助は父から預かった進物を差し出した。

「弥之助」

やっと、組頭が口を開いた。

「はい」

「先日、御支配どのはそなたと逢う約束をしてくださった。それで、きのう御支配どのに確かめに上がったところ、そなたとは会わないと言われた」

「えっ」

弥之助は耳を疑った。

「会わない？」

「そうだ」

「なぜでございますか」

弥之助は顔から血の気が引くのがわかった。

「わしのほうが知りたい。何か、御支配どのの御不興を買うようなことでもあったのではないか」

「いえ、私にはまったく心当たりはありません」

「いや、何かあるはずだ。御支配どのの態度が急に変わった。そなたが気づかないだけだ。よく考えるのだ。このままでは御番入りは叶わぬかもしれぬ」

弥之助は唖然とした。

「私にはまったく心当たりはありませぬ」

くり返し言うだけで、途方に暮れるしかなかった。

「そうか、心当たりはないのか。わしはてっきり、そなたが何かやらかしたのではないかと思ったが……。ならば、わしもそれとなく探りを入れてみよう」

「はい」

「きょうのところはこのまま引き上げよ。わしも調べておくが、そなたもわかったら知らせるように」

「わかりました。お願いいたします」

弥之助は挨拶をして辞去した。

屋敷を出て、弥之助は陽射しが目に痛く感じた。いったい、御支配に何があったのか。不興を買うも何も、弥之助は御支配とは接触する機会すらない。

何か誤解があったのか。悪い噂をきかされ、それを真《ま》に受けたか。だが、ひとから恨まれる覚えはない。偽りを告げ、弥之助の足を引っ張ろうとする人間はいないはずだ。すると残るのは、新しい競争相手かもしれない。

ある役職に欠員が生じ、御支配は弥之助を考えてくれた。だが、そこに新たに候補が現われた。それで、弥之助を後回しにした。

そういうことかもしれない。だが、突然、そのような者が現われるものだろうか。わからない。

しかし、御支配から今回の御番入りが拒否されたことは間違いない。

やっと、るいと巡り逢うことが出来た。早く御番入りをしてるいを嫁にする。弥之助の気持ちも高まっていた矢先に水をさすような災いが降りかかった。

世の中はうまく行かないように出来ているとはいえ、弥之助は運命を呪《のろ》いたくなった。

重たい気持ちで加賀前田家《かがまえだ》の屋敷の脇から湯島切通しを経て、湯島天神裏門坂道に差しかかったとき、男坂《おとこざか》のほうから青の小紋の着物に駒下駄《こまげた》を鳴らし、小粋《いき》な女が歩いてきたのが弥之助の落胆した目に飛び込んだ。

見かけたことがある女のような気がしたが、思いはすぐに御支配の心変わりに向かった。何かあったのだ。そう考えざるを得ない。

女は下谷広小路のほうに向かった。弥之助の前を女が歩いて行く。御支配に何があったのか知りたい。

途中、女は明神下のほうに曲がった。横顔が目に入る。やはり、いつかどこかで見かけたことがある。

あっと叫び、胸が騒いだ。思いだした。一度、神村左近といっしょにいたところを見たことがある。そのとき、やはり湯島天神からふたりは歩いて来たのだ。まだ左近が行方を晦《くら》ます前のことだ。

ただ、それほど親しい間柄とは思えなかった。いや、かえってよそよそしい感じがした。だが、弥之助は左近の行方がわからない今、目の前の女が手掛かりのような気がしてならなかった。

弥之助は、御支配への思いを断ち切り、女のあとをつけた。

武家地を女は歩いていく。弥之助はあとをつけた。女は神田同朋町《どうぼうちょう》の町筋に入り、長屋の木戸を入った。弥之助も急いで木戸に駆けつける。女は二階建て長屋の一番手前の家に入った。戸口に音曲《おんぎょく》指南の看板がかかっていた。

音曲の師匠のようだ。音曲を教えているなら弟子もたくさん出入りをするだろうし、二階に隠れていても、気付かれやすい。それだけでなく、このような町中に追われる身の左近が隠れているとは思えなかった。

やはり、関係なかったかと引き上げかけたが、なんとなく気持ちが引っかかった。左近にはほとんど知り合いがいなかった。だから、道場以外では唯一の知り合いのような気がする。

弥之助は迷った末に戸口に立った。そして、意を決して戸を開ける。

「ごめんください」

土間に入り、奥に呼びかける。

さっき入って行った女が出て来た。色っぽいが、間近で見れば、小じわが目立つ。

「きょうはお稽古をやっていないんですよ」

「すみません。弟子入りではないんです」

弥之助は否定してから、

「私は元鳥越町にある仁村道場の門下生の高岡弥之助と申します」

「………………」

「不躾にお伺いいたしますが、神村左近さまが今、どちらにいらっしゃるかわかりませんか」

「なんですね。いきなり」

女は笑った。

「私は神村左近なんてひと知りませんよ」

「一度、あなたと神村さまが湯島天神から歩いて来るのを見たことがあります」

「さあ、人違いじゃありませんか」

「神村さまにお会いしたいのです。どうか、教えていただけませんか」

「お侍さん。私は神村左近なんて知りません。どうぞ、お引き取りくださいな」

「そうですか」

仮に居場所を知っていたとしても、不用意に教えるような真似はしまい。そう思い直した。

「失礼いたしました」

弥之助が引き上げようとしたとき、

「お待ちなさいな」

と、女が呼び止めた。

「神村左近というひと、何をしたんですか」

「三カ月以上前に道場を突然辞めて、どこかに行ってしまわれたので、行方を探しているんです。私の剣術の師ですから」

「高岡弥之助さまですね」

女が確かめる。やはり、知っているのだと思った。だが、これ以上踏み込んでも、女はとぼけるだけだと思った。

「はい。もし、神村さまにお会いするようなことがありましたら、高岡弥之助が会いたがっていたとお知らせください」

そう言い、弥之助は土間を出た。

夕方になって、弥之助は八丁堀の剣一郎の屋敷を訪れた。剣一郎から夕餉をいっしょにと招かれていたのだ。

ほんとうなら、御番入りの確約を得て参上したかったと無念さが込み上げてくる。

「どうぞ、お上がりください」

多恵とるいが出迎えてくれた。

通された部屋に、るいの兄剣之助の妻女志乃が挨拶にやって来た。志乃もまた美しい女性で、るいとは姉妹のようだ。

多恵と志乃が下がり、るいとふたりきりになった。

弥之助はるいと巡り逢った仕合わせを噛《か》みしめる一方で、御番入りが果たせない事実に絶望的になっていた。

自分はるいとは不釣り合いかもしれないとやりきれなくなった。

「まさか、あなたに再び、お会い出来るとは思っていませんでした。あのあと、何度か神田明神に行ってみました」

弥之助は正直に言う。

「私もです。もしや、またお目にかかれるかもしれないと思いまして」

るいも恥じらいながら言う。

先日、青痣与力を訪ねたあと、帰りがけにるいと再会した。そのときは夢か、はたまた魔物に騙されているのかと思ったほど意外であり、信じられないことだった。

青痣与力が気を利かして出て行った部屋でふたりきりになると、弥之助は鬱積《うっせき》していた思いの丈《たけ》をいっきに口にし、あとになってでも自分でも何を言ったのか覚えていなかった。

ただ、一目見たときから惹かれ、それからもずっと思い続けていたというようなことを夢中で話したことだけは覚えていた。

それに対して、るいが何と答えたか、まったく覚えていなかった。ただ、自分が受け入れられたことだけはわかった。

今になって、何かとんでもないことを口走ったのではないかと気になっていた。

「あのとき」

弥之助はおそるおそる口にする。

「私は何か厚かましいことを言いませんでしたか」

「厚かましいこと？」

るいは小首をかしげた。

「いえ、なんでもありません」

あのとき、私の嫁はあなた以外には考えられないと言ったような気がして、再会して舞いあがっていたとはいえ、そこまで口走ったかと恥じ入りたい気持ちになっていたのだ。

「あの、お訊ねしてよろしいでしょうか」

「はい」

るいは微笑む。

「あなたには縁談がたくさん舞い込んでいるのでしょうね」

「少しだけ」

「お受けするのですか」

「いえ、お断わりさせていただきました」

「ほんとうですか」

「はい」

「よかった。安堵しました」

そう正直に答えたあとで、弥之助は思わず胸をかきむしった。

「どうかなさいましたか」

「なんでも」

首を横に振り、弥之助は内庭に目をやった。

「なんでもなくはありませんわ。何か屈託がおありなのではありませんか。もしや……」

るいは息を呑んだあとで、

「弥之助さまは決まったお方が？」

と、悲しそうな目を向けた。

「いえ、おりません。私はあなたしか……」

御支配の言葉が脳裏を掠め、弥之助はあとが続けられなかった。非役の身分でるいに求婚することは無責任だと思ったのだ。

「弥之助さま、なんだか変です」

「るいどの」

弥之助は思い切って口にする。

「私は非役の小普請組です。こんな男があなたに思いを寄せるなんて身の程知らずだと、恥じているのです」

「…………」

「もうすぐ、御番入りが叶うはずでした。でも……」

「何をおっしゃいますか。非役だろうが役付きだろうが、弥之助さまには関わりありません」

「るいどの」

弥之助は思わず、るいの手を握った。しかし、非役のまま結婚しても、金の面で苦労をさせるだけだ。

あわてて、手を離し、

「きっと御番入りを果たします。それまで待ってください」

と、弥之助は訴えた。

部屋の中が暗くなり、女中が灯をともしにきた。行灯の仄《ほの》かな明かりが弥之助とるいを温かく包み込んだ。

それからしばらくして、剣之助が奉行所から帰ってきた。

着替えを済ませてやってきた剣之助は、眉目《びもく》の秀でた凜々しい若者であった。

お互いに挨拶をし終えたあとで、

「妹をよろしく頼みます」

と、剣之助が頭を下げた。

「こちらこそ、よろしくお願いいたします」

あわてて、弥之助も応じた。

最初はぎこちなかった剣之助とのやりとりも、すぐに打ち解け、剣術道場の話から剣の型の話になった。

「私は剣術に型は大事だとは思っていましたが、型稽古だけをしていればいいとは思いませんでした。型稽古だけでは応用がきかない。そう誤解していました」

「仰る通りです。私も剣術では父から型のことを口を酸っぱくして言われてきました。今は奉行所で吟味方与力の見習いとして働きながら、まずは先輩の与力どののやり方を真似ています。しきたりや基本を覚えることに専念していますが、このしきたりが型にあてはまるかもしれません」

剣之助とは息が合いそうだった。話していて楽しかった。

やがて、剣一郎が帰ってきた。

「お招きいただき、ありがとうございました」

「よう来てくれた。支度が出来るまで、もうしばらく待たれよ」

顔を出した剣一郎が部屋を出て行くのを、

「青柳さま」

と、弥之助は呼び止めた。

「関わりがあるかどうか、はっきりしませんが、昼間、小普請組頭さまの屋敷からの帰り、湯島天神の裏門坂道で神村左近さまの知り合いらしい女を見かけました。以前、道場を辞めるすこし前に、いっしょにいるところを見たことがあります」

弥之助は経緯を話し、

「もしかしたら、神村さまの居場所を知っているのではないかと思い、あとをつけ、訪ねてみました。さだかではありませんが、何か知っているような気がしてなりません」

「場所は？」

「明神下です。神田同朋町で音曲の師匠をしていました」

「音曲の師匠だな。よし、さっそく、探らせてみよう」

「はっ」

「きょうは逢対日ではないはずだが？」

剣一郎がなぜ、小普請組頭の屋敷に行ったのかときいた。

「はい。組頭さまから御支配さまに引き合わせていただくことになっておりましたので、その件で改めてお願いに上がりました」

「どうであった？」

「はい。それが……」

弥之助は言いよどんだ。

「どうした？」

「急に、御支配さまのお気持ちが変わってお会いくださらないとの返事でございました」

「………」

「組頭さまから、何かご不興を買ったのではないかときかれましたが、私には何も心当たりがなく、困惑しております」

弥之助は胸が詰まった。

「御支配はどなただ？」

「及川辰右衛門さまです」

「及川さま」

声を上げたのは、るいだった。

「何か」

弥之助はるいに顔を向けた。

「いえ。父上。もしや、あのことで弥之助さまに差し障りが？」

「わからぬ。そのようなことが……」

剣一郎は戸惑いの目をして、

「弥之助どの。今の件、しばしわしに任せてもらおう」

と、弥之助をなだめるように言った。

二

翌日、出仕した剣一郎は長谷川四郎兵衛に会った。

「及川どののことだそうだが、いかがいたしたか」

四郎兵衛は不思議そうにきいた。

「先日、るいの縁組についての申し入れの返事をいたしました。ありがたいお話でしたが、るいには心に決めた者がおりまして、正式にお断わりをいたしました」

「うむ」

「この件について、及川さまにはわだかまりがあるのかどうか気になりました。

それとなくきいてみていただけませぬか」

もともと、及川家からの申し入れはお奉行を介して行なわれ、四郎兵衛から剣一郎に話がもたらされたのである。

「なぜ、そのようなことを？」

「及川さまにとっては不浄役人の娘の方から縁組を断わって来たのは許されざる行ないとお考えではないかと思いまして」

弥之助のことははっきり言えない。

「どうお考えなのかをそれとなく知りたいのでございます」

「面倒な願いよな」

四郎兵衛は迷惑そうな顔をした。

「申し訳ございません」

「そなたが縁組を断わってから、及川さまはお奉行とも顔を合わせようとしないらしい。かなり、面白くないのであろうな」

「そうでございましたか」

剣一郎は胸が痛んだ。

「では、念のために、及川さまはるいが心に決めた者が誰だかご存じかどうか、それとなくきいてくださるようお願い出来ませぬか」

「そのようなくだらんこと、お奉行に頼めるわけはない。青柳どのがじかに及川さまに訊ねられたらよかろう」

「そうしたいのですが」

それでは、疑っていることを及川辰右衛門に悟られてしまう。だが、場合によってはそうせざるを得まい。

「わかりました。今の件、どうかお忘れください」

剣一郎は願いを引き下げた。

「待たれよ」

四郎兵衛は引き止め、

「例の件、まだ見通しも立っていないようだな。四人の人間を斬った殺人鬼をまだ野放しにしておいて、江戸の治安を守る奉行所としては面目が立たぬ」

と、まくし立てた。

「申し訳ございません」

剣一郎は申し開きは出来なかった。

「まったく探索が進んでいるようには思えぬ。神村左近はとうに江戸を離れたのではないか。だったら、お手上げではないか」

「神村左近は江戸を離れていません」

「なぜ、わかる？」

「左近には目的があります」

剣一郎は言い切った。

「江戸を離れるならとっくに離れているはずです」

「目的とは何か」

「わかりません。それがわかればすべてが明らかになります」

「話にならん」

四郎兵衛は醜《みにく》いほど顔を歪め、

「ようするに何もわかっていないということだ。このままでは、何もわからないまま、終わってしまいそうだのう。青痣与力も焼きが回ったか、それとも敵は青痣与力が足元にも及ばぬ力の持主か」

「返す言葉もありません」

何を言っても言い訳としか受け取られない。剣一郎は堪えるしかなかった。

昼過ぎに、剣一郎は神田同朋町に行った。

自身番でしばらく待っていると、京之進がやってきた。

「ごくろう。どうであった？」

「左近が匿われている気配はありません」

ゆうべ、京之進を呼び出し、弥之助から聞いた音曲の師匠を調べさせたのだ。

「あの女はお恭《きょう》と言い、三年前からあそこに住んで音曲指南の看板を上げています。稽古に来ていた近くの隠居に話を聞いたところ、お恭は三年前まで浅間のご城下の料理屋で芸者をしていたそうです」

「浅間藩か」

「そうです。お恭に確かめましたが、一番大きな料理屋『稲葉家《いなばや》』で三味線を弾いていたそうです」

「一番大きな料理屋だとすると、藩の重役たちも利用していたのだろうな」

「そのようです。三年前に、世話を受けていた旦那と別れ、そのときの手切れ金を持って江戸に出てきたそうです」

「そうだとすると、神村左近とは浅間藩のご城下で顔を合わせていたのかもしれぬな。ひょっとして、左近は浅間藩の元藩士か」

剣一郎は浅間藩の横尾佐武郎が左近を知らないと言ったことを思いだした。左近が浅間藩の元藩士なら横尾佐武郎は当然知っているのではないか。名を変えているにしても、浅間浪人であれば、見当がつくのではないか。

「お恭は神村左近を知らないと言っているのだな」

「はい。知らないと言っています。どういたしますか。お恭に会ってみますか」

「いや、わしが会っても答えに変わりはあるまい。だが、お恭は何か隠していると思われる。浅間藩のご城下にいたというのも気にかかる。目を離すな」

「わかりました」

「わしは、浅間藩の横尾どのにもう一度会ってくる」

剣一郎は明神下から筋違橋《すじかいばし》を渡り、浜町にある浅間藩有沢家の上屋敷にやって来た。

門番に横尾佐武郎への取り次ぎを頼んだ。

しばらくして、若い侍がやって来て、

「横尾さまはただ今、外出なさっております。よろしければ、ご用件を承《うけたまわ》っておきます」

と、丁寧に告げた。

「いや、結構です。また、あとで参ります」

剣一郎は上屋敷をあとにし、浜町堀に出た。時間を潰すつもりで、剣一郎は葺屋町の市村座の楽屋口に行き、帳元の勘兵衛を呼んでもらった。

勘兵衛はにこやかな顔で出てきた。

「これは青柳さま」

「客足がよく、笑いが止まらぬようだな」

「とんでもない」

顔の前で手を振るも、勘兵衛はご機嫌だ。

「どうぞ、楽屋のほうに」

「いや。すぐ引き上げる。ところで、その後の千之丞はどうだ？」

「それが」

と、勘兵衛は真顔になった。

「芝居が変わりました」

「変わった？」

「はい。真に迫った斬られる寸前の芝居はおとなしくなって、客からは不評のようですが、私はかえって与市兵衛が殺されるまでなかなかいい味を出せるようになったと思っているんですがねえ」

「そうか。芝居が変わったか」

「はい。ご覧になりますかえ。あっ、もう五段目ははじまってしまいました」

「それは残念だ。だが、そなたが見て、いい味を出していると思うのだな」

「はい。そうです。前の芝居では素人受けをしても仲間内からは蔑まれていました。今の芝居は確かに型にはまって面白みに欠けますが、私は今後に期待出来ると思います」

「そうか。千之丞に会ってみたい」

千之丞が殺しの件を打ち明けてくれるかどうかわからないが、千之丞に会ってみようと思い、勘兵衛に頼んだ。

「わかりました。そろそろ、千之丞の出番は終わります。中で待ちますか」

「いや。ここで待っている」

「じゃあ、今きいてきます」

勘兵衛が楽屋に戻った。

それほど待つ間もなく、勘兵衛が戻ってきて、

「半刻（一時間）後に、元浜町の『千之丞』でとのことです」

「わかった。そこに行くと、伝えてもらいたい」

「へい」

勘兵衛と別れ、剣一郎は再び、浅間藩有沢家の上屋敷に行った。

横尾佐武郎は戻ってきていた。

長屋の佐武郎の部屋で、差し向かいになってから、

「つかぬことをお伺いいたします。神田同朋町にお恭という音曲の師匠がおりますが、ご存じではありませんか」

「さて、音曲の師匠ですか」

佐武郎は首を傾げた。

「お恭は三年前まで、浅間藩のご城下にある『稲葉家』という料理屋で三味線を弾いていたそうです」

「ほう、そうですか」

佐武郎はとぼけているようだ。

「『稲葉家』には何度か行ったことはありますが、三味線弾きの女を呼んだことはありませんので」

「じつは、このお恭が神村左近と並んで歩いていたのを見ていた者がおりまして

ね。そんなことから、神村左近は浅間藩の元藩士ではないかと考えました」

「この前も申しましたが、神村左近なる者は知りません」

「もちろん、名前は違うと思います。三十過ぎの腕の立つ男です。心当たりはありませんか」

「ありません。それに、お恭が神村左近と並んで歩いていたと言っても、ふたりは江戸で知り合ったとも考えられます。ならば、左近が浅間藩の元藩士とは言い切れますまい」

「確かに。ですが、ふたりが並んで歩いていたのは左近が行方を晦《くら》ますほんの少し前なのです。何か関わりがあるのではないかと思ったのですが」

「残念ながら、我が藩には浪人になった者はおりません」

佐武郎はきっぱりと言い切ったが、その目が真実を語っているようには思えなかった。

「そうですか」

これ以上、粘《ねば》っても無駄だと悟り、剣一郎は挨拶をして立ち上がった。

またも、前回同様、どこぞから射るような視線を感じながら門を出た。

浅間藩の上屋敷から元浜町の『千之丞』に向かった。

なぜ、佐武郎はお恭のことを隠すのか。お恭も左近を知らないと言っている。ふたりとも嘘をついている。

やはり、浅間藩で何かあったのではないか。一年前、偽の信州山岳党が壊滅されたことと、今回のことは何らかの関係があるのだろうか。

『千之丞』に着いた。暖簾はまだ出ていない。戸を開けて土間に入ると、小上がりの座敷に千之丞が待っていた。

「どうも」

千之丞が会釈をした。

「また、押しかけてすまなかった」

向かいに腰を下ろして、剣一郎は言う。

「いえ、私も青柳さまにお礼を申し上げたいと思っていたんです」

「ほう、礼とな」

「はい。先日のお話。いちいち、骨身に応えました。斧定九郎に刃を突き付けられて恐怖におののいているのは与市兵衛ではなく、千之丞自身だというひと言は私の胸を抉《えぐ》りました」

千之丞は自嘲気味に笑い、

「斧定九郎に殺される芝居が真に迫っていたとの客の評判にいい気になっていたんです。青柳さまが仰ったように、私は型をなぞった芝居をしていました。型が身についていなかったのは、心の底で型を守ることをばかにしていたからです。型を破らねばならないという思いが型を軽く見ていた。型を破るには型を知らなければならないということに気づかされました」

「なるほど。そなたは型の重大さに気づいたのか。帳元の勘兵衛が褒めていた。与市兵衛が殺されるまでなかなかいい味を出せるようになったと。これから期待が出来ると言っていた」

「ありがとうございます。私はもう一度、型の稽古をはじめたいとおもっています」

「それがいい。目先のことより、その先を考えるのだ」

剣一郎は素直に喜んだ。

千之丞がふいに強張った表情になった。

何度か口を開きかけて、

「青柳さま。私は殺しを見ました」

と、千之丞は打ち明けた。

「詳しく聞かせてもらおう」

「はい。あの日、私は三蔵さんに芸の工夫を相談しました。ところが、三蔵さんは型を守っていけというだけでした。そのことに不満を覚えながら三蔵さんと別れたあと、矢先稲荷に祈願しました。いい芸が編み出せるようにと。そして、お参りを終えて引き上げようとしたとき、雑木林のほうでひとの声が聞こえ、私は脇門から境内を出たのです。すると、浪人が商人ふうの男と言い合っていました。そして、いきなり刀を抜きました。もう、そのあとには男が倒れていました」

千之丞は肩をすくめて続ける。

「浪人は私が見ていたことに気づき、刃を突き付け、このことは誰にも言うな、喋ったら斬ると脅しました。私は決して誰にも言わないと誓ったんです」

千之丞は深いため息をついた。

「斬ったのは三十過ぎの細身の浪人です。精悍な顔をしていましたが、そんなに凶暴な感じはしませんでした」

「よく話してくれた」

「初日がはじまり、斧定九郎に刃を突き付けられたとき、浪人の刃を思いだし、足がすくみ、体が固まりました。ほんとうに足が動かなかったんです。皮肉なことに、それが真に迫った芝居ということで客から褒められました。でも、だんだん恐怖心が薄らいできたら迫真の芝居が出来なくなると三蔵さんから言われました。何を言うかと思いましたが、日が経つうちに徐々に恐怖心が薄らいでいくのが自分でもわかりました。私の芸は型になっていません。砂の型でしかなかった。だんだん、砂がこぼれて型が消えていく。そんなとき、青柳さまから言われた言葉が私を目覚めさせてくれました」

「型の大切さに気づいたのだ。これからの芸は本物になろう。精進することだ」

「はい。ありがとうございます」

「その浪人のことだが、何か気になったことはなかったか。最初、ひとの声を聞いたそうだが、何と言ったか覚えていないか」

「おまえは浅間藩の城下に身内はいないのかと、浪人が言ってました」

「なに、浅間藩の城下と言ったのか」

「はい。それから、岡っ引きのくせに許せぬとも」

「岡っ引きだと」

久兵衛は岡っ引き……。どういうことなのか。

久兵衛が岡っ引きだとしたら、左近の追手は浅間藩の町奉行所の人間なのだろうか。そして、殺された三人は信州山岳党の一味である左近を追って江戸に出てきたとも考えられる。

だとしたら久兵衛を除くふたりの追手は浅間藩の上屋敷に逗留《とうりゅう》していたのではないか。

だから、どこを探しても隠れ家が摑めなかった。

だが、それなら、横尾佐武郎はそのことを知っているはずだ。なぜ、口を閉ざしているのか。

「千秋楽まで、もう少し間がある。それまでに、そなたの芝居を見に行く」

剣一郎はそう言って立ち上がった。

その夜、剣一郎は屋敷に植村京之進と堀井伊之助を呼び寄せた。

ふたりが揃ってから、剣一郎は切り出した。

「役者の千之丞が久兵衛殺しを見ていたことをようやく打ち明けた」

その経緯を語り、

「やはり、殺したのは神村左近に間違いない。だが、千之丞はふたりの話を聞いていた。左近は久兵衛に対して『おまえは浅間の城下に身内はいないのか』とき、さらに『岡っ引きのくせに許せぬ』とも言っていたそうだ」

「久兵衛は岡っ引き？」

京之進は信じられないようにきく。

「そうだ。浅間藩の町奉行所の同心の手先だったのではないか」

「では、左近は浅間藩の町奉行所から追われていた人間？」

伊之助が確かめるようにきく。

「おそらく。他のふたりも町奉行所に関わる人間であろう。ただ、左近を捕まえたいなら、なぜ我らの手を借りようとしなかったのか。なぜ、秘密裏に動いているのか」

剣一郎は想像だがと断わり、

「追手は左近を捕まえようとしているのではなく、殺そうとしているのではないか。だから、我らに黙っているのだ。さらに、気になるのは『岡っ引きのくせに許せぬ』という左近の言葉だ」

「どうやら、単純な捕物ではなさそうですね」

「ああ。浅間藩の町奉行所絡みで何かあるのかもしれぬ。おそらく、殺された追手のふたりは浅間藩の上屋敷に潜んでいたのだろう」

「そういうことでしたか」

伊之助は合点したように頷いた。

「また、左近は追われながらも江戸を離れようとしていない。おそらく狙いがあるのだ。それが何かわからないが、その秘密が上屋敷にあるように思えてならない。これから、浅間藩の上屋敷を密かに調べるのだ」

「左近の狙いは上屋敷にあるのでしょうか」

「何かわからないが、上屋敷に目的があるように思えてならない。そうでないならば、左近は追手を逃れてもっと遠くに行ったはずだ。待てよ」

剣一郎は気づいたことがあった。

「横尾佐武郎は殿の先遣として江戸にやって来たと言っていたが、ほんとうだろうか。左近のことでやって来たのでは……」

「つまり、左近は浅間藩から追われている身だということでしょうか」

伊之助が確かめる。

「ひょっとして、左近は浅間藩の何か秘密を持って逃げたのでは」

京之進も応じる。

「そうかもしれぬ。だから、浅間藩を挙げて、左近を追っているのだ。だが、左近は握った秘密で何かをしようとしている」

剣一郎ははっとした。

「殿だ。来月、浅間藩の殿様が江戸に出てくる。左近の狙いは殿様かもしれぬ」

浅間藩に絡む何か重大なことが起きている。剣一郎はそう確信した。

三

数日後、弥之助は小石川の小普請組頭の屋敷に呼ばれた。

御支配のことで何かわかったのかもしれないと不安に駆られながら、組頭と対座した。

だが、腕組みをし、目を閉じたままなかなか口を開こうとしない組頭に、

「御支配さまのことで何かおわかりになったのでしょうか」

と、弥之助は窺うようにきいた。

組頭は腕組みを解き、やっと目を開けた。

「弥之助」

「はい」

「そなた、南町奉行所与力青柳剣一郎の娘と恋仲だというのはまことか」

「えっ？」

予期せぬ問いかけに戸惑いながら、

「はい。親しくさせていただいております」

と、弥之助は答えた。

「そうか」

組頭は表情を曇らせた。

「そのことが何か」

弥之助はおそるおそるきいた。

「うむ。御支配さまに辰之進どのと仰るご子息がおられる。知っているか」

「そういえば、伺ったことがあるかもしれません。辰之進さまが何か」

「青柳どのの娘御との縁組を申し入れていたそうだ」

「なんですって」

弥之助は飛び上がらんばかりになった。

「先日、青柳家から断わりの返事がきた。調べてみたら、そなたと娘御のことがわかり、御支配さまはたいそうご立腹なさったそうだ」

「…………」

「そなたに何の落ち度もない。公私を弁《わきま》えない御支配さまもどうかと思うが、また一方では親の立場は理解出来る」

組頭は冷徹に続ける。

「このことのほとぼりが冷めるまで、御番入りは諦めたほうがいいだろう」

「そんな」

弥之助は愕然《がくぜん》としたが、次の組頭の言葉にさらに衝撃を受けた。

「ほんとうに御番入りを願うなら、青柳家の縁談はお断わりしたほうがいい。今なら、まだ間にあう」

「…………」

弥之助は言葉を失っていた。

「そなたの父御は、自分が病気のために小普請組に入れられたことで、そなたにも申し訳ないと口惜しがっていた。そなたが御番入りすることだけを望んでおられた。父御のためにも、よく考えよ」

そう言うと、組頭は立ち上がった。

弥之助は悄然《しょうぜん》と引き上げた。

るいを諦めることが御番入りの条件だという。もし、るいといっしょになったら、この先、弥之助の御番入りの芽はないかもしれない。いや、永遠にないかもしれない。

るいに貧乏暮らしをさせることになる。そのことは堪えられない。贅沢《ぜいたく》な暮らしでなくともいいが、常に借金の算段だけをさせたくはない。

昼間なのに、弥之助は目の前が暗く、前途に不安を感じながら帰路についた。

父や母になんと言えばいいのか。

自分の屋敷に近づくにつれ、ますます足が重くなった。

門から保二郎が出てきた。

「おう、帰ってきたか。どうだった?」

「何が?」

「何がではない。きょうは組頭さまに呼ばれたんだろう」

「そのことか」

「おい、どうしたと言うんだ。顔色が悪い」

「だめだ」

「だめ？　よし、詳しい話を聞かせてくれ」

顔色を読んで、保二郎は強引に弥之助を誘った。

四半刻（三十分）後、弥之助と保二郎は『夢家』の二階座敷に上がった。

「少し話があるから、呼ぶまで待て」

保二郎がおこうに言う。

「はい」

おこうは素直に下がった。

「弥之助。何があったのだ？」

「御支配さまに伜がいるのを知っているか」

「確か、俺たちと同じ年ぐらいの若殿がいると聞いたことがある。それがどうした？」

「るいどのに縁談を申し入れしていたらしい」

「青柳さまの娘御に？」

「そうだ。だが先日、青柳家は正式にお断わりの返事をした」

「そなたのせいだとわかって、いやがらせか」

保二郎が呆れ返って言う。

「組頭さまから、当分御番入りは諦めろと言われた。もし、御番入りを望むなら、るいどのとは別れろと」

「なんと理不尽な」

保二郎は顔を紅潮させ、

「御支配は公私混同も甚《はなは》だしい。そんなこと、許せぬ」

と、怒りから声を震わせた。

「俺には何も出来ぬ」

「そんなこと、あるものか。こうなったら、何がなんでもるいどのと所帯を持って、御支配の鼻をあかしてやれ」

「それが出来れば苦労はない」

「…………」

「この先、ずっと非役のままで、どうやってるいどのを養っていくのだ。内職をやってもらうのか、実家から援助してもらうのか」

弥之助は胸をかきむしりたくなった。

「じゃあ、るいどのを諦めるのか」

「そんなこと出来ない」

「では、どうするんだ？」

「だから悩んでいるんだ」

「ちくしょう。御支配め。なんってケツの穴が小さいんだ」

保二郎は罵倒《ばとう》した。

「身分が違うんだ。御支配さまから見れば、俺たちは虫けらみたいなものだ」

弥之助は自嘲ぎみに言う。

「ともかく、酒を呑んで気持ちを落ち着かせよう」

保二郎は手をたたいた。

おこうが顔を出した。

「酒を持ってきてくれ。ただし、まだ話がある。酒だけで、女はあとだ」

「はいはい」

おこうは下がって、しばらくして酒を運んできた。

「じゃあ、お酌だけでも」

おこうはふたりの猪口に酒を注いでから部屋を出て行った。

「保二郎ならどうする？」

弥之助はきいた。

「俺ははっきりしている。女を諦め、御番入りを選ぶ。ただし、御支配に、よりよい役職を世話してもらうように条件をつける」

「強いな」

「そなたはるいどのに熱く燃えているからな。さあ、呑め」

保二郎は銚子を差し出す。

「俺は……」

弥之助は猪口を持ったまま、

「だが、るいどのにとって俺は疫病神《やくびょうがみ》かもしれぬ。俺の嫁になるより、御支配さまの息子の嫁のほうがいい暮らしが出来る。るいどののためにも、俺は身を引くべきかもしれない。いや、だめだ。頭ではそのほうがいいと思っても、るいどのを諦めることは出来ない」

弥之助は呻《うめ》いた。

「るいどのはおまえのどこに惚れたのだ？　おまえが将来、出世する男と見込んだからか。違うだろう」

「非役だろうが役付きだろうが、関係ないと言ってくれた」

「そうだろう」

「だが、それでもるいどのには……」

「青柳さまに相談したらどうだ？」

「不甲斐《ふがい》ない男だと思われるのは辛い」

「そんなことはない。るいどのの父親としてではなく、青痣与力の智恵を借りるのだ」

「相談してうまくいったとしても、自分の力でなしとげたものでなければどうにもならない」

「あくまでも智恵を借りるだけだ。これぱかりは、さすがの青痣与力とて為《な》す術《すべ》はないはずだ。相手は旗本だ」

「………」

「悩んでいても仕方ない。青柳さまに相談してみろ。きっと何か解決策を導き出してくれるかもしれぬではないか。悩んでうじうじしていたら、るいどのに不審を持たれるようになるかもしれない」

「そうだな」

弥之助は迷ったが、このままではいけないと思った。今、どんな問題が起きているのか、るいにも話しておくべきだと思った。

「よし。これから、青柳さまのところに行ってくる」

酒を呑み干して、弥之助は立ち上がった。

「なんだ、急じゃないか」

「善は急げだ」

「おい、俺をひとりにするのか」

「悪い。今度はちゃんと付き合う」

「わかった。うまく行くよう願っている」

弥之助は部屋を出て梯子段を降りた。

「あら、どちらに？」

おこうが声をかけてきた。

「すみません。急用を思いだしました。保二郎はいますので」

保二郎のぶんまで銭を置いて、弥之助は『夢家』を出た。

新堀川沿いを蔵前に向かい、さらに浅草御門を抜けた。浜町堀に差しかかったとき、前方から歩いてくる男を見て、おやっと思った。

「三蔵さん」

役者崩れの三蔵だった。

「どうしたんですか。ひょっとして市村座に？」

「千之丞の芝居がまた変わったっていうんでね」

「変わった？」

「ええ。こけおどしぎみの仕種をやめたため、芝居は地味になったようですが、型を大切にしようっていう姿勢がみられそうです。これからよくなっていくんじゃないですかねえ」

「そうですか」

「それから、青痣与力になにもかも話したようですぜ。殺しをみたことも。何か吹っ切れたんでしょう」

弥之助の脳裏を神村左近の顔が掠めた。

「これから、どちらに？」

三蔵がきく。

「青柳さまのお屋敷まで」

「青痣与力ですかえ」

「ええ。三蔵さん。また、芝居の型について話を聞かせてください」

「へえ」

三蔵は頷いてから、

「お侍さん」

と、呼び止めた。

「東両国《ひがしりようごく》の垢離場《こりば》に、大道芸人たちが住む長屋があるのをご存じですかえ」

「そういえば、ありますね」

両国橋の東詰めに、大山詣《おおやままいり》の前に水垢離をする場所があり、その付近に大道芸人の住む長屋がある。

「矢先稲荷の近くにある長屋と同じ親方が仕切っている長屋でしてね。先日、そこにいる知り合いを訪ねたとき、浪人を見かけました。三十過ぎの精悍な顔つきの侍でした。ひょっとして、お探しの神村左近じゃないですかね」

「………」

いきなり、神村左近の行方を知らされ、弥之助は息が詰まりそうになった。

「垢離場の長屋ですね。よく教えてくれました」

礼を言い、弥之助は来た道を引き返そうとした。

「八丁堀に行くんじゃないんですかえ」
「垢離場に行ってみます」
答えて、弥之助は両国橋に向かった。
神村左近に違いないと確信した。左近は自分に型稽古の大切さを教えてくれよ
うとした。そのときはそれが大事だと思っていなかったが、今は違う。
その大切なものを教えてくれた左近にもう一度会いたかった。左近は沖島文太
郎を含め四人を殺している。
左近はなぜ四人もの命を奪ったのか、そのわけが知りたかった。
両国広小路を突っ切り、両国橋を渡る。日暮れてきて、本所、深川に街の明か
りがちらついていた。
橋を渡り切り、垢離場のほうに足を向けた。
小さな棟割長屋がある。大道芸人の住まいだ。弥之助はその長屋の路地に入っ
た。願人坊主や大道講釈などの芸人の姿が見えた。
このどこかに左近が匿われているのだろうか。いちいち、腰高障子を開けて中
を覗くわけにはいかず、また左近の名をだしてひとに訊ねるわけにもいかず、弥
之助は虚《むな》しく引き上げるしかなかった。

長屋を出たとき、ふと物貰いの男が長屋に入って行くのを見かけた。目を左右に向け、なにやら怪しい様子だ。芸人とは思えない。

弥之助は長屋の出入り口を見通せる場所から物貰いの男が出て来るのを待った。四半刻（三十分）ほど経って、物貰いの男が出て来た。

男は両国橋を渡った。弥之助はあとをつけた。男は後ろを気にすることなく、急ぎ足で橋を渡ると、薬研堀のほうに曲がった。

辺りはすっかり暗くなっている。男は元柳橋を渡り、暗い寂しい大川《おおかわ》沿いの道を行き、やがて武家地に入ると、ある大名屋敷の門を入って行った。

近くにあった辻番所を訪れ、その屋敷が浅間藩有沢家の上屋敷だと知った。

それから、弥之助は八丁堀に急いだ。

四

その頃、剣一郎の屋敷に、京之進と伊之助がやって来ていた。

「やはり、浅間藩の上屋敷に胡乱《うろん》な人間が出入りをしています。きのうは新たに旅装の侍が屋敷に入って行きました」

「浅間藩の国元から来たのか」

剣一郎に徐々に見えてきたものがある。神村左近は何か藩の秘密を盗んで逐《ちく》電《でん》。それを浅間藩の奉行所の者が追っている。そういう筋書きに思える。

横尾佐武郎は秘密を守るために、密かに左近を始末しようとし、一方左近はその秘密をもとに浅間藩主の有沢丹後守と何かの取り引きをしようとしている。

「来月にも藩主の丹後守どのが出府される。左近はそれを待っているようだ」

「どんな取り引きなのでしょうか」

「わからぬ。金か、あるいは身の安全か」

「残念ながら左近の行方は皆目《かいもく》わかりません」

京之進が無念そうに言う。

「音曲の師匠のお恭を見張りましたが、左近を匿っている節はありませんでした」

「おそらく、お恭は追手に手を貸しているのだ。弥之助が左近とお恭がいっしょに歩いているのを見てからしばらくして左近は追手のひとりを斬り、道場を辞めて姿を晦ました。お恭が左近のことを横尾佐武郎に教えたのに違いない」

「いったい、左近はどんな秘密を握っているのでしょうか」

伊之助が首をひねる。

「わからぬが、そのことが公《おおやけ》になれば、浅間藩にとっては大きな痛手になることは間違いない」

剣一郎はそれがどんなものか想像すら出来なかった。

「ただ気になることがある。一年前、浅間藩領内で、偽の信州山岳党が捕まっているのだ。本物の山岳党もそれ以来、盗みをしていない。偶然か」

「と、仰いますと？」

「偽の信州山岳党はじつは本物だったということはないのか」

「そのことが、何か浅間藩の秘密に絡んでいるのでしょうか」

京之進が口をはさむ。

「わからぬ。いずれにしろ、左近は秘密を知るべき立場にあったのだ。なぜ、左近は出奔《しゅっぽん》したのか。わからぬことだらけだ」

「よろしいですか」

襖の外で、多恵の声がした。

「何か」

「弥之助さまがお出でです。至急、お知らせしたいことがあるそうです」

「通せ」

剣一郎は即座に言う。

すぐに弥之助がやって来た。ふたりの同心がいたが少しも臆《おく》することなく、

「挨拶抜きで、お知らせいたします。両国の垢離場の大道芸人たちが住む長屋に神村左近さまが匿われていると思われます」

「なに、左近が両国の垢離場に？」

声を上げたのは京之進だった。

「はい。それから、物貰いの格好をした男が長屋をうろついたあと、浜町にある浅間藩有沢家の上屋敷に駆け込みました。なにやら不穏な動きに思え、夜分と思いましたが、お知らせにあがりました」

「よく知らせてくれた。弥之助どの。少し、休んでいかれよ」

そう言ってから、京之進と伊之助に、

「横尾佐武郎が左近を急襲するやもしれぬ。すぐに駆けつけるのだ。これ以上、死者を出してはならぬ。京之進は捕方を集め、垢離場に向かえ。伊之助は船の手配を」

と、剣一郎は命じた。

「はっ」

ふたりはすぐに立ち上がり、部屋を飛び出して行った。

「青柳さま。私もごいっしょに」

弥之助が訴える。

「いや。我らに任せてもらおう。今は、及川どのにケチをつけられるような真似は避けたほうが無難だ」

「えっ？」

「御番入りの件、耳に入っている」

「青柳さま」

弥之助は目を見開いた。

「心配いたすな。また、あとで話を聞く。るいが待っていよう」

そう言い、剣一郎は多恵の手を借り、身支度を整えた。

剣一郎たちは八丁堀の堀から船に乗り込んだ。

箱崎橋《はこざきばし》、永久橋《えいきゆうばし》とくぐり、田安《たやす》家の下屋敷の脇を通って大川に出る。新大橋《しんおおはし》の下をくぐって両国橋に向かい、本所のほうに近づく。

水垢離場の近くの船着場に着き、船からおりる。辺りは真っ暗だ。船を待たせ、剣一郎たちは微かな明かりを頼りに長屋に足を向けた。

「青柳さま」

伊之助が低い声をかけた。

「両国橋に武士が……」

「五、六人はいるな」

もちろん、それ以外にもどこかに潜んでいるかもしれない。

「奴らは、左近の居場所をすでに摑んでいるようだ。争いになってもしばらく両者の様子を窺おう。互いに何を口にするか、聞き逃すまい。わしが飛び出したら続け」

ふたりに指図をし、暗がりに身をひそめた。

黒い影が長屋に入って行く。そのあとを武士が続いた。中心にいるのが背格好からして横尾佐武郎のようだ。

長屋から浪人が出て来た。左近だろう。気配を察し、外に出たようだ。

左近は川岸に向かった。さっと数人の男が囲むように集まった。その中のひとりが左近の前に出た。

「大村源一郎《おおむらげんいちろう》。これまでだ」

憎々しげな声で言い、佐武郎らしい黒い影が左近に迫った。

「横尾佐武郎。お主まで腐っていたか」

左近が嘆くように言う。

「君命だ」

「殿を利用するな」

「そなたには死んでもらう。三人の仇だ」

佐武郎が抜刀する。

「俺は殿に会うまでは死なぬ」

左近も刀を抜く。

手下も一斉に抜刀した。

「命のいらぬ者はかかって来い」

手下のひとりが上段から斬り込んだ。左近は相手の剣を弾く。すぐさま、左から別の手下が斬りつける。

左近は踏み込んで剣を鎬《しのぎ》で受けとめた。さらに別の手下が左近の背後にまわった。左近は相手を押し返し、さっと刀を抜いて相手をいなす。相手がよろめくや、左近は背後にいる敵に斬り込んだ。

手下もかなりな剣の技量の持主だった。

頃合いだと考え、

「待て」

と、剣一郎は飛び出す。

「ひとりに大勢は卑怯《ひきょう》であろう」

「何者だ？　そのほうに関係ない。邪魔だてするな」

佐武郎が怒鳴《どな》る。

「そうはいかぬ。これ以上の犠牲を出すことは防がねばならぬのだ」

「そなたは青柳どのか」

声で気づいたらしく、佐武郎が息を呑んできいた。

「横尾どの。まさか、このような場面に出会うとは思いもしなかった」

「その者は我が藩の追われ者。我が藩で始末する。八丁堀の出る幕ではござらぬ。お引き取りを願おう」

佐武郎は語気を強めた。

「この者に四人を斬殺した疑いがかかっておる。まず、こちらで捕らえて吟味いたす」

剣一郎は突っぱねる。

「じつは拙者は浅間藩の中目付でござる。藩の大目付の下で、罪を犯した家臣を処罰する役目を負っております。そこにいる神村左近はじつの名を大村源一郎と言い、藩にて重罪を犯し逃亡しました。ゆえに、追ってきたもの」

佐武郎は身分を名乗った。

「ならば、なぜ、最初に会ったとき、そう仰らなかったのですか」

「我が藩の恥部に触れることゆえ、隠さざるを得なかった。お察しくだされ」

「しかし、我らは江戸の治安を守る役目があります。この者を取り調べ、その上で身柄をお渡しいたします」

「それは困る」

「なぜですか」

「重罪人でござる。当方にて、始末いたす」

「ここは浅間藩領ではござらぬ。奉行所の管轄。それは出来ませぬ」

「有沢家と事を構えるおつもりか」

佐武郎が憤然とした。

「我らは、四人殺しの疑いのある神村左近なる浪人の捕縛に来た。浅間藩のお方がその邪魔をした。そういうことになりますが、よろしいか」

「………」

佐武郎は言葉に詰まっている。

「当方で取り調べ、改めて浅間藩にこの者についてお問い合わせいたす」

「俺は」

背後で左近の声がした。

「どちらにも従わぬ」

「いや、従ってもらわねばならぬ」

剣一郎は左近に目をやる。

「断わる」

「腕ずくでも、従ってもらおう」

「止むを得まい」

左近が剣を構えた。

「横尾どの」

剣一郎は佐武郎に振り向き、

「あとは我らに任せていただき、お引き取りねがおう」

「そうはいかぬ」

佐武郎はきっぱりと断わった。

「では、奉行所に歯向かうつもりか」

「いや、青柳どのに引いていただく。おい」

佐武郎が振り返って声をかけた。

手下の侍が願人坊主らしき男に刀を突き付けて、佐武郎のそばに連れてきた。

「座れ」

「お助けを」

願人坊主は悲鳴を上げてしゃがんだ。

「よし。ご苦労」

佐武郎は手下の侍に声をかけてから、

「青柳どの。この者の命を助けたければ、おとなしく引き取っていただこう」

「卑怯な。その者は関わりないではないか」

「我が藩の重罪人を成敗するためには止むを得ぬ。さあ、その男を残して立ち去られよ。さもなければ」

佐武郎は剣を願人坊主の首に当てた。

「待て」

剣一郎は叫ぶ。

「青柳どの。お引き取りください」

左近まで剣一郎たちを追い払おうとした。

「さあ、立ち去られよ」

佐武郎は迫った。

「青柳さま」

伊之助が切羽詰まった声をだした。

剣一郎も窮した。

そのとき、暗がりから黒い影が飛びだしてきて、佐武郎の背後に迫った。抜身を下げていた。驚いた手下が斬りかかる。

黒い影はその剣を弾き、佐武郎に襲い掛かる。佐武郎は人質の願人坊主を突き放し、黒い影に立ち向かった。飛びだしてきたのは弥之助だった。

剣一郎は願人坊主を引き寄せ、伊之助に託してから、弥之助の援護に向かった。弥之助は佐武郎と対等に闘っていた。

剣一郎は手下を相手にしていたが、両国橋を見て、

「横尾どの。橋の上を見られよ」

と、叫んだ。

「なに」

佐武郎は振り返り、あっと声を上げた。

両国橋に御用提灯の明かりがいくつも走って来るのが見えた。佐武郎は憤然と
眺めてから、

「源一郎。よけいなことを言うな」

と、叫んだ。

「心配するな。殿にしか話さぬ」

「源一郎。その言葉、忘れるな。引き上げだ」

佐武郎は手の者に合図をした。

剣一郎は佐武郎たちをそのまま見送ってから、

「弥之助どの。よくぞ来てくれた。礼を申す」

「いえ、勝手な真似をしました」

「弥之助ではないか」

左近が近寄ってきた。

「神村さま」

「腕を上げたな。見事だ」

弥之助は言葉を失っていた。

佐武郎たちに代わって、京之進が捕方を引き連れ、左近を遠巻きに囲んだ。

「神村左近。沖島文太郎、久兵衛ほか二名を斬り殺した疑いで、そのほうを捕縛する。おとなしく従うように」

「お断わりいたす。私にはやらねばならぬことがある。誰にも邪魔だてはさせぬ」

左近は断固たる覚悟で言う。

「丹後守さまへの直訴か」

「そうだ」

返事まで一拍の間があった。

「なぜ、国元で直訴しなかったのだ？」

「館の警護が厳重で近づけなかった。俺を捕まえるために、藩を挙げてだ」

「それだけのことをしたのか」

「一部の重役に踊らされているのだ」

「藩内で抗争があるのか」

「抗争ではない」

「では、なんだ？」

「話す必要はない。これは、浅間藩の問題だ」

「ほんとうに浅間藩だけの問題か」

「そうだ」

「ならば、なぜ、仁村道場の門弟の沖島文太郎を斬ったのだ？」

「あの者は金で横尾佐武郎の手先になって俺をつけ狙っていた」

「なにがあったか話してもらえぬのか」

「話せぬ」

「そうか。もはや、逃れられぬ。刀を引け」

「いや。殿にお会いするまでは自由を奪われたくない」

左近は剣の構えを解こうとしなかった。

「止むを得ぬ」

剣一郎は京之進と伊之助に、

「手出しはするな」

と制し、剣を抜いた。

左近の腕前はかなりのものだ。へたに捕縛しようとすれば怪我をする。剣一郎は自分で決着をつけようとした。

「左近。わしが相手だ」

剣一郎は左右の足を前後にし、中段に構えた。

左近は体を正面に向けて正眼に構える。左近の切っ先から激しい気迫が伝わってくる。

剣は己の心が現われる。

剣一郎は間合いを詰める。左近も迫る。そして、切っ先が触れあうばかりになって、両者の動きが止まった。

左近の剣は一撃必殺だ。最初の一太刀で相手を倒す。相討ちをも覚悟した必殺の剣だ。

剣一郎の剣は相手の最初の攻撃を防ぎ、反撃に出るという構えである。

左近は剣一郎の剣の前に打って出られずにいる。最初の一太刀で剣一郎を倒す自信がもてないのだろう。

少しずつ間合いが広がった。左近が下がったのだ。

「俺の負けだ」

左近は剣を下ろした。


南茅場町の大番屋で一晩を明かした左近を、朝になって剣一郎は取り調べた。

「神村左近は仮の名。実際は浅間藩有坂家家臣であった大村源一郎であるな」

「お答え出来ませぬ」

「なぜ、だ?」

「一切、お答えしません」

「藩の名誉のためか」

「…………」

「そのために、命をかけて秘密を守り抜くつもりか」

「…………」

「藩主に会うことがどうして浅間藩を守ることになるのだ? 丹後守様に何かしてもらいたいのか」

「申し訳ありません」

左近は頭を下げた。

「しかし、このままではそなたの希望は聞き入れられぬ。丹後守様に会うことは叶うまい。いずれ、浅間藩のほうに身柄を引き渡すことになろうが、そのときは横尾佐武郎どのが引き取ることになろう」

「困りまする。どうか、浅間藩のために、殿にお目通りを出来るようにしてくだされ。この通り」

左近は後ろ手に縛《しば》られたまま頭を下げた。

「事情がわからぬままでは出来ぬ」

「…………」

無念そうに左近は唇を嚙んだ。

「秘密は必ず守る。だから、話したらどうだ」

剣一郎は促す。

左近は首を横に振った。

左近は強固な姿勢を崩しそうにもなかった。

いったん仮牢に返した。

奉行所に戻ると、宇野清左衛門に呼ばれた。

「青柳どの。神村左近はいかがか」

「頑《かたく》なにわけを話そうとしません」

「何をそのように依怙地《いこじ》になっているのか。何か、自分に利益でもあるのか」

「おそらく、忠義だろうと思います」

「忠義？」

「はい。左近は浅間藩の恥部となる秘密を握っている。そのことを、藩主の丹後守さまは存じあげない。だから、出府を待って訴えようとしているのです。それを遮《さえぎ》ろうとしているのが横尾佐武郎どのです」

「浅間藩のほうから奸賊《かんぞく》を引き渡すように申し入れが来ている」

「引き渡したら、左近は即座に殺されるでしょう」

「なんと」

　清左衛門は顔を横に振った。

「江戸定府の者は国元の事情にうとく、上屋敷では横尾佐武郎の言うがままを信じて、左近を奸賊だと思い込んでおりましょう。左近にとっての唯一の希望は藩主丹後守さまに会うことのみ」

「しかし、それは無理であろう」

「はい。時間をかけて、左近を説き伏せるしかありません」

「それにしても、左近は国元でどんな役についていたのか」

清左衛門が首を傾げる。

「そのこともはっきりしません。横尾佐武郎も口を濁《にご》しています」

左近がどんな役職にいたのか、そこから何か手掛かりが得られるかもしれないが、そのことを上屋敷の人間にきいても無駄だろう。江戸定府の者は国元のことは知らない。そう思ったとき、音曲の師匠のことを思い出した。

「宇野さま。すこし出かけてまいります」

剣一郎が思い出したのはお恭だ。

お恭は三年前まで浅間藩のご城下の料理屋『稲葉家』で三味線を弾いていた。左近はそのときの知り合いであろう。客でやって来ていたのだろうから、役職は知っているはずだ。

剣一郎は奉行所を出て、日本橋《にほんばし》の大通りを明神下に向かった。

筋違橋を渡り、神田同朋町にあるお恭の家にやって来た。音曲指南の看板がかかっている。

「ごめん」

格子戸を開け、奥に呼びかけた。土間には女物の下駄があるだけだった。

三味線の音が止んだ。

色っぽい年増が現われた。

「稽古を中断させてしまったか」

「いえ」

お恭の顔は強張った。

「南町の青柳剣一郎と申す」

「はい。存じあげております」

「神村左近のことできたい。左近でぴんとこなければ大村源一郎だ」

「私は何も……」

「横尾佐武郎どのから口止めされているのか」

「………」

お恭は顔色を変えた。

「どうやら図星らしいな」

「いえ、そういうわけでは……」

お恭は狼狽《ろうばい》した。

「まあいい。そなたは、左近とは顔見知りだったようだな。正直に答えるのだ。よいか、横尾佐武郎どのは左近が大村源一郎という名で、浅間藩藩士だったと認めている。そなたは口止めされているかもしれぬが、横尾佐武郎どののほうは追いつめられれば喋っている。ばかを見るのはそなただけということにならないように注意をすることだ」

「はい」

「で、どうなんだ？」

「はい。知っています」

「ご城下の『稲葉家』という料理屋で働いていたときの客か」

「いえ、お客ではありません」

「客ではない？」

「はい。大村さまは町奉行所の同心でしたから」

「同心？　大村源一郎は同心だというのか」

「そうです。私を身請けしてくれようとした客が大泥棒で、大村さまに捕まってしまいました。それがきっかけで、私は江戸に出ることになったんです。四カ月ほどまえ、湯島天神で、偶然に大村さまと再会したんですよ。まさか、大村さまが江戸に出ているとは思いもしませんでした」

「そのころ、信州山岳党という盗賊が荒らし回っていたそうだが？」

「ええ。大村さまは懸命に追っていましたよ。私の客も、山岳党の一味だと思っていたようですけど」

「違ったのか」

「はい。違いました」

「大村源一郎が、なぜ、浅間藩から離れたのか、聞いていないか」

「いえ、聞いていません。ただ、お尋ね者になったというだけ」

「わかった。邪魔をした」

剣一郎はお恭の家を出た。

左近が浅間藩の町奉行所の同心だったことで信州山岳党との関わりが浮かんできた。一年前、偽の山岳党一味を壊滅させたのは左近ではないのか。そのことが、左近を浅間藩から追いやることになった……。

山岳党のことで何かあったのだ。微かに何かが見えてきたようで、剣一郎は、南茅場町の大番屋に急いだ。

五

大番屋にやって来て、剣一郎は左近を仮牢から呼び出した。

「神村左近こと大村源一郎。そのほう、一年前まで、浅間藩の町奉行所同心だったそうだな」

左近は顔色を変えた。

「隠しても無駄だ。ご城下の『稲葉家』にいたお恭が話してくれた」

「………」

「一年前、偽の信州山岳党一味を壊滅させたのはそなたではないのか。そして、そのことがもとで浅間藩を辞めることになった」

左近は目を細めている。

「わしが不思議に思うのは偽の信州山岳党一味を壊滅させたという話だ。いや、壊滅させたのはほんとうであろう。だが、その後、本物も現われなくなったという」

剣一郎は左近の顔を見つめ、

「不思議ではないか。なぜ、偽者の壊滅と本物が消えた時期が重なるのだ?」

左近から返答がない。

「それ以上に不思議なことがある。信州山岳党のことはまったく摑めていなかったそうではないか。本物のこともわかっていないのに、なぜ壊滅したのが偽者だとわかったのか。どうなんだ?」

「あまりにもあっけなかったからだ。本物がそんなにあっさり捕まるはずない」

「ほんとうにあっけなかったのか。捕縛できたのは数人で、あとは斬り殺したのではないか。激しい抵抗に遭ったのではないか。偽者とは思えぬ」

「………」

「神村左近、いや、大村源一郎。そなたが急襲し壊滅したのは本物の信州山岳党ではなかったのか」

左近は口を真一文字に閉じている。

「否定しないのだな。では、さらに、続けよう」

剣一郎は自分の考えを話した。

「本物の信州山岳党だとしたら、十人は少ない。実際はもっと仲間はいたのだ。それを十人と少なめに言ったのだ。偽者にするためだけとは思えぬ。いや、そもそもなぜ偽者として世間に知らせたのか」

「勝手な妄想だ」

やっと、左近が口を開いた。

「いや、疑問を突き詰めていけば、ある考えに達する。なぜ、中目付の横尾佐武郎が江戸にまで出てきてそなたを始末しようとしたのか。横尾佐武郎は浅間藩の恥部になることと言ったが、それどころの話ではない。浅間藩の存亡を左右しかねない事態になっているのではないか」

左近は俯いたままだ。

「今までのことを考えあわせれば、こういうことに落ち着く。信州山岳党を操っていたのは浅間藩だったということだ」

左近が弾けたように顔を上げたが、何か言いかけてすぐ口を閉ざした。

「そなたは町奉行所同心として信州山岳党を追い続け、ついに隠れ家を見つけて急襲した。激闘の末に、捕らえた者の口からか、隠れ家に残していたものからか、黒幕が浅間藩の重役だということに気づいた。あろうことか、浅間藩は盗賊集団の親玉だった」

「違う」

左近は叫んだ。

「殿は知らないことだ」

左近は身を震わせて、

「中心にいるのは国家老と大目付。さらに、ご城下の両替商『千曲屋《ちくまや》』だ」

「よく話した。詳しく聞こう」

剣一郎は鋭く言い放った。

その勢いに気圧《けお》されたように、左近は重たい口を開いた。

「仰るように、私は同心として長年、信州一帯を荒らし回っている盗賊の信州山岳党を追い続けていました。七年前、ご城下のもう一軒の両替商が襲われたのが最初です。それから他国で被害が相次ぎましたが、妙なことに浅間藩領での盗みはありませんでした。そのうち、妙なことに気づいたのです。他国で押し込みの被害があった前後、浅間山の麓《ふもと》にある集落の人間が必ず十日から半月ほど家を留守にしていることがわかりました。それで、内偵を続け、他国で盗みを働いているることがわかりました。信州山岳党の本拠であることを確かめ、遠出から帰ってきたところを急襲したのです。諏訪藩領内の豪商の屋敷から二千両が盗まれたあとでした」

左近は息継ぎをし、

「一味はすべてで十五人いました。そのうちの五人が浅間藩の下級武士でした。その者たちは全員自害して果てたのです。ところが、盗んだ金の二千両が見つかりません。それで、捕まえた四人に拷問をかけて問い詰めたところ、大目付どのに送り届けたと言ったのです。すぐにお奉行に訴えました。すると、しばらくして捕まえた四人が変死しました。口封じのために殺されたのです。やがて、お奉行から捕まえたのは偽の山岳党だと言われました。上からの押さえつけが働いたのだと察し、言われたまま偽の山岳党だったことにし、密かに調べ、黒幕が国家老であり、大目付や藩の主だったものが絡んでいることを調べ上げました。ところが、ある夜、私の屋敷に侍が三人訪ねてきて応接の最中にいきなり天誅《てんちゅう》と叫んで襲ってきたのです。私は三人を斬り、そのまま浅間藩を離れました。ですが、このままではいつか浅間藩は存立の危機に陥《おちい》る。このことを殿に告げねばならない。だが、浅間領内では警護が厳しく殿の傍に近づけない。それで、参勤交代での出府のおりに殿に訴えでようとしたのです」

「殿様がそなたの訴えに耳を貸さなかったらどうするつもりだ?」

剣一郎はそういうことも十分に考えられるのではないかと懸念した。

「両替商の千曲屋が信州山岳党の連判状を持っておりました。そこに国家老や大目付の自筆の署名が入っております」

「そのようなものがあったのか」

「千曲屋が最後の裏切りを用心して作っておいたものです」

「それはどこにあるのだ？　垢離場の長屋なら、横尾佐武郎が捜し出したかもしれぬ」

「違います。別な安全な場所です」

「安全な場所？」

左近にそのような場所があったとは思えないが……。

「ひょっとして仁村道場か。十右衛門どのではないか」

「そうです。仁村先生にお預けしてあります。殿に会うときは、その連判状を証にして訴えるつもりでした」

左近は拳を握り締めて、

「無念だ。私の直訴によって、殿がひそかに国家老をはじめとする奸物《かんぶつ》を退治してくれれば浅間藩はこの危機を無事に乗り越えられると思ったのですが……」

「仁村さまから連判状を受け取ってよいか」

「はい」

「そなたの話だけでなく、横尾佐武郎どのの話も聞かねば真実は明らかに出来ない。このあと、横尾どのにも話をきく」

「横尾どのが正直に打ち明けるはずはありません」

「連判状がものを言う」

剣一郎は言った。


剣一郎は浅間藩の上屋敷にやって来て、横尾佐武郎といつもの部屋で差し向かいになった。

「大村源一郎がすべてを話してくれました」

剣一郎は佐武郎の顔を見つめた。

「嘘偽り、出鱈目《でたらめ》に違いない」

佐武郎が決めつけた。

「大村源一郎は正直に語っています。その話の裏付けになる証の連判状が手に入りました。両替商の千曲屋が用心のために用意したものです」

「………」

「改めてお伺いいたしましょう。大村源一郎が重大事件を引き起こして藩から追われている身ならば、奉行所としては老中にお伺いを立て、その上で身柄を引き渡すことになりましょう。そうならば、当然、大村源一郎の訴えは老中の知るところとなりましょう」

佐武郎は苦悶するように、

「だめだ。それだけはだめだ」

と、訴えた。

「大村源一郎が脱藩者でも罪人でもなければ、南町奉行所にて大村源一郎の処分を致す。その場合、我がほうは信州山岳党のことは関知しない。すべて浅間藩にて決着をつけてもらう。したがって大村源一郎が藩主丹後守さまにお目通り叶うように手を尽くすことになる」

「………」

佐武郎は長い間、目を閉じていた。

やっと踏ん切りがついたように、目を開けた。

「わかりました。我ら大村源一郎を追ってきたものは国に引き上げます。そして、事態を国家老に申し上げる」

「そうしていただこう」

「青柳どの。これだけはわかっていただきたい。国家老さまはじめ我らは決して私利私欲のために信州山岳党を作ったのではない。飢饉《ききん》による藩の財政の逼迫《ひっぱく》を年貢を上げずに民に負担をかけずに立て直そうと考え、あのような間違った手段を講じてしまったのです。そのことだけはわかってくだされ」

「信じまする」

「かたじけない」

佐武郎は深々と頭を下げた。

大番屋に戻った剣一郎は左近を仮牢から呼び出した。

「横尾佐武郎どのらは国元に引き上げることになった。そなたは脱藩者でもなければ藩からの追われ者でもないので、当奉行所にて裁きを行なう」

「………」

「四人もの人間を殺しているが、沖島文太郎を除く三人は浅間藩にて同心の大村源一郎に仲間を捕縛されて復讐をしようとしていたもの。沖島文太郎は金で三人に加担したために逆に殺された。そのほうは止むなく相手を斬ったものであろう。そういうことで、一応、そなたを小伝馬町《こでんまちょう》の牢送りにする。牢送りにするのは念のためだ。万が一、そなたを始末しようという者が残っていないとも限らない。藩主丹後守さまが出府されるまで、牢屋敷の揚がり屋で過ごすのだ」

「なんと」

左近は目を潤《うる》ませ、

「では、私を殿に……」

と、絶句した。

「信州山岳党のことは我らはわからぬ。そなたの力でほんとうに壊滅させよ」

「青柳さま。なんとお礼を申してよいやら」

「では、明日から牢屋敷で過ごされよ」

剣一郎はいたわるように言って立ち上がった。

奉行所に戻り、宇野清左衛門に一切のことを話し、また独断で始末したことを詫びた。

「いや、結構。いたずらに、罪人を作るのが我らの役目ではない。へそ曲がりの長谷川どのにはわしからうまく話しておこう」

「ありがとうございます」

剣一郎は自分も清左衛門に救われているのだということに気づいていた。

数日後、剣一郎が奉行所から帰ると、弥之助が待っていた。剣一郎が呼び寄せたのだ。

「待たせたな」

客間に入って、剣一郎は声をかけた。

早めに来ていたが、剣一郎に呼ばれたので用がすむまではるいと会わないと言って客間で半刻(一時間)以上待っていたと、多恵が話していた。

「そなたの御番入りが叶わなかった件だが、原因は明らかに娘るいとのことにある。しかし、わしにも及川さまの気持ちはよくわかる。伜の恋敵を面白く思わないのは親として自然の情だ。だが、それを公のことで意趣返しするとはまったく大人げない。そのことは、及川さまとてわかっていよう。よいか、いつか御番入りの機会は来る。そのためにも、日頃の修練が大切だ。自棄《やけ》になって大事な方向を見失ったりしたら、結局それだけの人間ということになる」

「はい」

「なにがあろうと、平常心を保つのだ。うろたえたり、あわてたりしたら、実力は発揮出来ぬ。どんな場合でも自分が自分でいられるように我が心を鍛《きた》えよ」

「はい。お言葉、胸に刻みおきます」

「うむ。ところで話は変わるが、その後、千之丞の芝居を見たか」

「いえ」

「千秋楽が近付き、ますますよくなっているという評判だ。型の大切さを悟った千之丞の芝居がどのように変わったか見てみるといい」

「やはり、型なんですね。私は三蔵さん、千之丞さんのふたりから型の大切さを教わりました。神村左近さまの型稽古に不満を持っていた自分が恥ずかしい限りです」

「何ごとも、おおもとは型だ。剣においても、型を身につけさえすれば、どんな局面にも対応できる」

「はい」

弥之助は若々しく元気に応じてから、

「神村さまはいかがなりましょうか」

と、真顔になった。

「浅間藩の殿様が出府したら、お会いできるように取り計らうつもりだ。左近、いや大村源一郎は殿を諫言《かんげん》するだろう。そもそもは藩主丹後守さまの無策、怠慢《たいまん》からはじまったこと。猛省《もうせい》を促し、浅間藩の安泰《あんたい》を図ろうとするつもりだ。藩の立て直しにはあのような男が必要だ。そのあと、大村源一郎の処遇をどうするかで、丹後守さまが暗愚《あんぐ》かどうかがわかるだろう」

剣一郎はふと表情を崩し、

「いつまでもそなたと話していると、るいに叱られる。行きなさい」

「はい」

弥之助はうれしそうに応じた。

剣一郎は居間に戻った。多恵がやって来て、

「るいと弥之助どのはほんとうに楽しそう」

と、目を細めて言う。

「うむ。まことに似合いだ。わしも、弥之助なら文句はない」

剣一郎は満足そうに言う。

ふいに、多恵が表情を曇らせた。

剣之助の嫁志乃にも当初、旗本の御曹司との縁談が持ち上がっていた。その御曹司が志乃を諦められず、何かとふたりの障害となった。そのために、剣之助と

志乃は一時江戸を離れていたのだ。

多恵はそのことを思いだしたのだ。

「及川さまのほうはだいじょうぶでしょうか。まさか、るいまで剣之助と同じ道を辿《たど》るようなことは……」

「及川さまはちっぽけなお方ではない。よけいな心配はせずともよい」

剣一郎はそう言ったものの及川辰右衛門の人柄についてよく知らないのだ。一抹《いちまつ》の不安を覚えたが、今から心配しても仕方ない。

そう思ったとき、賑やかな笑い声が聞こえてきた。剣之助や志乃もいっしょになってるいや弥之助と楽しんでいるようだ。

「若いということはいいもんだ」

多恵との出会いの頃を思いだし、剣一郎は思わず表情を崩していた。

一〇〇字書評

砂の守り

切り取り線

購買動機（新聞、雑誌名を記入するか、あるいは○をつけてください）	
□（　　　　　　　　　　　　）の広告を見て	
□（　　　　　　　　　　　　）の書評を見て	
□ 知人のすすめで	□ タイトルに惹かれて
□ カバーが良かったから	□ 内容が面白そうだから
□ 好きな作家だから	□ 好きな分野の本だから

・最近、最も感銘を受けた作品名をお書き下さい

・あなたのお好きな作家名をお書き下さい

・その他、ご要望がありましたらお書き下さい

住所	〒				
氏名		職業		年齢	
Eメール	※携帯には配信できません	新刊情報等のメール配信を 希望する・しない			

この本の感想を、編集部までお寄せいただけたらありがたく存じます。今後の企画の参考にさせていただきます。Eメールでも結構です。

いただいた「一〇〇字書評」は、新聞・雑誌等に紹介させていただくことがあります。その場合はお礼として特製図書カードを差し上げます。

前ページの原稿用紙に書評をお書きの上、切り取り、左記までお送り下さい。宛先の住所は不要です。

なお、ご記入いただいたお名前、ご住所等は、書評紹介の事前了解、謝礼のお届けのためだけに利用し、そのほかの目的のために利用することはありません。

〒一〇一－八七〇一
祥伝社文庫編集長　坂口芳和
電話　〇三（三二六五）二〇八〇

祥伝社ホームページの「ブックレビュー」からも、書き込めます。
http://www.shodensha.co.jp/bookreview/

祥伝社文庫

砂《すな》の守《まも》り　風烈廻《ふうれつまわ》り与力《よりき》・青柳剣一郎《あおやぎけんいちろう》

平成28年4月20日　初版第1刷発行

著　者　小杉健治《こすぎけんじ》
発行者　辻　浩明
発行所　祥伝社《しょうでんしゃ》
東京都千代田区神田神保町3-3
〒101-8701
電話　03（3265）2081（販売部）
電話　03（3265）2080（編集部）
電話　03（3265）3622（業務部）
http://www.shodensha.co.jp/
印刷所　堀内印刷
製本所　積信堂
カバーフォーマットデザイン　中原達治

Printed in Japan ©2016, Kenji Kosugi　ISBN978-4-396-34203-6 C0193

祥伝社文庫の好評既刊

小杉健治
白頭巾 月華の剣
新心流居合の達人・磯村伝八郎と、義賊「白頭巾」の顔を持つ素浪人・隼新三郎の宿命の対決！

小杉健治
翁面《おきなめん》の刺客《しかく》
江戸中を追われる新三郎に、翁の能面を被る謎の刺客が迫る！ 市井の人々の情愛を活写した傑作時代小説。

小杉健治
二十六夜待
市井に隠れ棲《す》む、過去に疵《きず》のある男と岡っ引きの相克。情と怨讐を描く、傑作時代小説集。

小杉健治
札差殺し 風烈廻り与力・青柳剣一郎①
旗本の子女が自死する事件が続くなか、富商が殺された。頬に走る刀傷が疼《うず》くとき、剣一郎の剣が冴える！

小杉健治
火盗殺し 風烈廻り与力・青柳剣一郎②
江戸の町が業火に。火付け強盗を利用するさらなる悪党、利用される薄幸の人々のため、怒りの剣が吼える！

小杉健治
八丁堀殺し 風烈廻り与力・青柳剣一郎③
闇に悲鳴が轟《とどろ》く。剣一郎が駆けつけると、同僚が斬殺されていた。八丁堀を震撼させる与力殺しの幕開け……。

祥伝社文庫の好評既刊

小杉健治

刺客殺し

風烈廻り与力・青柳剣一郎④

江戸で首をざっくり斬られた武士の死体が見つかる。それは絶命剣によるもの。同門の浦里《うらさと》左源太《さげんた》の技か!?

小杉健治

七福神殺し

風烈廻り与力・青柳剣一郎⑤

人を殺さず狙うのは悪徳商人、義賊「七福神」が次々と何者かの手に……。真相を追う剣一郎にも刺客が迫る。

小杉健治

夜《よ》烏《がらす》殺し

風烈廻り与力・青柳剣一郎⑥

冷酷無比の大盗賊・夜烏の十兵衛が、青柳剣一郎への復讐のため、江戸に戻ってきた。犯行予告の刻限が迫る!

小杉健治

女形《おやま》殺し

風烈廻り与力・青柳剣一郎⑦

「おとっつあんは無実なんです」父の斬首刑は執行され、さらに兄にまで濡れ衣が……真相究明に剣一郎が奔走する!

小杉健治

目付殺し

風烈廻り与力・青柳剣一郎⑧

腕のたつ目付を屠《ほふ》った凄腕の殺し屋を追う、剣一郎配下の同心とその父の執念! 情と剣とで悪を断つ!

小杉健治

闇《やみ》太夫《だゆう》

風烈廻り与力・青柳剣一郎⑨

百年前の明暦《めいれき》大火に匹敵する災厄が起こる? 誰かが途轍《とてつ》もないことを目論んでいる……危うし、八百八町!

祥伝社文庫の好評既刊

小杉健治
待伏せ
風烈廻り与力・青柳剣一郎⑩

剣一郎、絶体絶命!! 江戸中を恐怖に陥《おとしい》れた殺し屋で、かつて剣一郎が取り逃がした男との因縁の対決を描く!

小杉健治
まやかし
風烈廻り与力・青柳剣一郎⑪

市中に跋扈《ばっこ》する非道な押込み。探索命令を受けた剣一郎が、盗賊団に利用された侍と結んだ約束とは?

小杉健治
子隠し舟
風烈廻り与力・青柳剣一郎⑫

江戸で頻発する子どもの拐《かどわ》かし。犯人捕縛へ〝三河万歳《みかわまんざい》〟の太夫に目をつけた青柳剣一郎にも魔手が……。

小杉健治
追われ者
風烈廻り与力・青柳剣一郎⑬

ただ、〝生き延びる〟ため、非道な所業を繰り返す男とは? 追いつめる剣一郎の執念と執念がぶつかり合う。

小杉健治
詫び状
風烈廻り与力・青柳剣一郎⑭

押し込みに御家人・飯尾吉太郎《いいおきちたろう》の関与を疑う剣一郎。そんな中、倅《せがれ》の剣之助から文が届いて……。

小杉健治
向島心中
風烈廻り与力・青柳剣一郎⑮

剣一郎の命を受け、剣之助は鶴岡へ。哀しい男女の末路に秘められた、驚くべき陰謀とは?

祥伝社文庫の好評既刊

小杉健治　袈裟《けさ》斬り　風烈廻り与力・青柳剣一郎⑯

立て籠《こ》もった男を袈裟懸《けさが》けに斬り捨てた謎の旗本。一躍有名になったその男の正体を、剣一郎が暴く！

小杉健治　仇返《あだがえ》し　風烈廻り与力・青柳剣一郎⑰

付け火の真相を追う父・剣一郎と、二年ぶりに江戸に帰還する倅・剣之助。それぞれに迫る危機！

小杉健治　春嵐《しゅんらん》（上）　風烈廻り与力・青柳剣一郎⑱

不可解な無礼討ち事件をきっかけに連鎖する事件。剣一郎は、与力の矜持《きょうじ》と正義を賭け、黒幕の正体を炙《あぶ》り出す！

小杉健治　春嵐（下）　風烈廻り与力・青柳剣一郎⑲

事件は福井藩の陰謀を孕《はら》み、南町奉行所をも揺るがす一大事に！　巨悪に立ち向かう剣一郎の裁きやいかに？

小杉健治　夏炎《かえん》　風烈廻り与力・青柳剣一郎⑳

残暑の中、市中で起こった大火。その影には弱き者たちを陥《おとし》れんとする悪人の思惑が……。剣一郎、執念の探索行！

小杉健治　秋雷《しゅうらい》　風烈廻り与力・青柳剣一郎㉑

秋雨の江戸で、屈強な男が針一本で次々と殺される……。見えざる下手人の正体とは？　剣一郎の眼力が冴える！

祥伝社文庫の好評既刊

小杉健治

冬波《とうは》

風烈廻り与力・青柳剣一郎㉒

下手人は何を守ろうとしたのか？　事件の真実に近づく苦しみを知った息子に、父・剣一郎は何を告げるのか？

小杉健治

朱刃《しゅじん》

風烈廻り与力・青柳剣一郎㉓

殺しや火付けも厭わぬ凶行を繰り返す、朱雀太郎。その秘密に迫った青柳父子の前に、思いがけない強敵が――。

小杉健治

白牙《びゃくが》

風烈廻り与力・青柳剣一郎㉔

蠟燭《ろうそく》問屋殺しの疑いがかけられた男。だがそこには驚くべき奸計が……。青柳父子は守るべき者を守りきれるのか⁉

小杉健治

黒猿《くろましら》

風烈廻り与力・青柳剣一郎㉕

倅・剣之助が無罪と解き放った男に新たに付け火の容疑が。与力の誇りをかけて、父・剣一郎が真実に迫る！

小杉健治

青不動

風烈廻り与力・青柳剣一郎㉖

札差の妻の切なる想いに応え、探索に乗り出す剣一郎。しかし、それを阻むように息つく暇もなく刺客が現れる！

小杉健治

花さがし

風烈廻り与力・青柳剣一郎㉗

少女を庇《かば》い、記憶を失った男に迫る怪しき影。男が見つめていた藤の花に秘められた想いとは……剣一郎奔走す！

祥伝社文庫の好評既刊

小杉健治

人待ち月

風烈廻り与力・青柳剣一郎㉘

二十六夜待ちに姿を消した姉を待ち続ける妹。家族の悲哀を背負い、行方を追う剣一郎が突き止めた真実とは⁉

小杉健治

まよい雪

風烈廻り与力・青柳剣一郎㉙

かけがえのない人への想いを胸に、佐渡から帰ってきた鉄次《てつじ》と弥八《やはち》。大切な人を救うため、悪に染まろうとするが……。

小杉健治

真《まこと》の雨（上）

風烈廻り与力・青柳剣一郎㉚

野望に燃える藩主と、度重なる借金に疲弊する藩士。どちらを守るべきか苦悩した家老の決意は――。

小杉健治

真《まこと》の雨（下）

風烈廻り与力・青柳剣一郎㉛

完璧に思えた〝殺し〟の手口。その綻《ほころ》びを見つけた剣一郎は、利権に群れる巨悪の姿をあぶり出す！

小杉健治

善の焔《ほのお》

風烈廻り与力・青柳剣一郎㉜

付け火の狙いは何か！　牢屋敷近くで起きた連続放火。くすぶる謎を、風烈廻り与力の剣一郎が解き明かす！

小杉健治

美の翳《かげり》

風烈廻り与力・青柳剣一郎㉝

銭に群がるのは悪党のみにあらず……。奇怪な殺しに隠された真相は？　人間の気高さを描く「真善美」三部作完結。

祥伝社文庫　今月の新刊